王旭烽 著

双峰插云

图书在版编目（CIP）数据

双峰插云/王旭烽著.—杭州：浙江文艺出版社，2024.6
 ISBN 978-7-5339-7573-9

Ⅰ.①双… Ⅱ.①王… Ⅲ.①中篇小说—中国—当代 Ⅳ.①I247.5

中国国家版本馆CIP数据核字（2024）第065834号

策划统筹	王晓乐	版式设计	徐然然
责任编辑	詹雯婷	营销编辑	张恩惠　詹雯婷
责任校对	许红梅	数字编辑	姜梦冉　诸婧琦
责任印制	吴春娟		

双峰插云
王旭烽 著

出版	浙江文艺出版社
地址	杭州市环城北路177号
邮编	310006
电话	0571-85176953（总编办）
	0571-85152727（市场部）
制版	浙江新华图文制作有限公司
印刷	浙江新华印刷技术有限公司
开本	889毫米×1260毫米　1/64
字数	50千字
印张	2.625
版次	2024年6月第1版
印次	2024年6月第1次印刷
书号	ISBN 978-7-5339-7573-9
定价	29.80元

版权所有　侵权必究

双峰插云　二我轩照相馆　摄于1911年

写在前面

1995年,我在浙江省文联工作,地点离西湖断桥很近。闻说断桥要断,赶去看时发现人群多挤在桥边担心,就想:断桥若真断了,许仙和白娘子怎么相会呢?因此触发了"西湖十景"第一部小说《断桥残雪》的创作动机。以后一年一部中篇,在双月刊文学杂志上发表,七部以后,开始两年一部,十三年后终于全部完成。

首先,这十部小说是十个爱情故事,红男

绿女，芳魂缭绕——《白蛇传》《梁祝》《李慧娘》，本来在西湖边发生的故事几乎就都是关于爱情的；其次，我企图在每部小说背后呈现一个杭州的文化符号，是看得见、摸得着的人文载体，比如荷花、古琴、金鱼、经卷、景观、花叶、印刻、书法、美术、工艺、戏剧等。最后，仅仅有文化事象不行，还要有哲理思考。比如《断桥残雪》里有关等待的意义；《平湖秋月》中当代社会精神与物质世界的审美对立，等等，它们通过十景中的意境——传递。比如《三潭印月》，只有当你看出圆月是一滴饱满的、金黄色的、温暖的眼泪时，你的西湖边的人性解读方告开始。

十多年过去，小说曾经在高校成为线下课

程,也成为线上网课,被制成录像,也曾录成音频,拍成电影,成为行为艺术、实验文本。小说曾经作为整部形态问世,后又作为分册出版。我的朋友,曾任《江南》杂志主编的袁敏,作为被出版界盛赞的金牌编辑,提出这十部中篇应该构成分册型的整体,小巧而精致,知性且优雅,对她的观点我深以为然,且将其作为"西湖梦想"之一。

浙江文艺出版社的青年姑娘编辑们,终于编撰完成了一串美丽花环般的文字。果然就是部梦想读物,仿佛轻奢的生活艺术品,封面,册页背后、底下、上面及周边的无形与有形的文字花朵,如湖边的二月兰一般,突然就绕着故事草长莺飞,喧哗起来。于是,这些书册读物藤蔓一般地延展开去，小精灵一样地从书房间、地铁里、休闲吧中探出头来，参与着今天的杭州往事、西湖传说。

从故事里叠出故事的"西湖十景"，让我恍惚地想：她究竟是我写的故事，还是从我写的故事里生出来的故事呢……

       王旭烽　2024年4月28日

目 录

双峰插云 /001

高粱·小米·紫丁香
——《双峰插云》回望 /137

附录
　七星缸 /149

双峰插云

你现在听到的这个八卦传说来自我们这座城市的一条小巷,是华光巷、元宝巷、清吟巷抑或大塔儿巷,或许不必深究。1949年5月初,一队士兵冲进杭州某条深巷,从巷的这头进入时硝烟味正浓,从那头出来时已被雨打湿。带队的战斗英雄泰安连长左手轻伤,但没觉得痛。那天的毛毛雨,正好湿了小巷的青石板,泛出了倏忽的亮光。他单手握枪,大踏步疾走,道旁两抹紫丁香花夹路相迎，脚下一片咚咚咚的急促回声。

紧跟泰安身后的卫生队队长小米，对那天的记忆与泰连长大相径庭。许多年以后她依然轻蔑地摇头说：高粱花子又给我胡扯，打小就这德性，他要不是爱青天白日做大梦，这些年也不会倒那么些大霉。这话是对她的大女儿雪果说的，雪果在方志办工作，专门研究她母亲辈的往事。

根据小米的回忆，那天的小巷不但没有微雨，没有大青石板，没有道旁的紫丁香花，而且还多了一只马桶。它被一个蓬头垢面的南蛮子女人拎在手里，那女人穿一件皱皱巴巴的睡衣，另一手捏着一把马桶刷子，发出一股与百万雄师过大江风马牛不相及的臭气，就那么迎面向英武的中国人民解放军战士们晃晃悠悠地走来。当高粱——也就是泰连长——向她问路时，她举起手里的马桶刷子往后一指。小米说她在南方生活了大半辈子，就是没法喜欢杭州，那是跟马桶以及拎马桶的女人绝对有关的。

雪果无法与高粱，也就是泰安核实，我们的泰局长已经长眠在悠悠南山，泰局长的夫人梅涵也很快随他而去。雪果打听到泰家有几个公子，但她没办法与他们联系，她也不确定自己能否这样问他们：你父亲和你母亲究竟是不是在打进杭州城当天的雨巷相识的？

这个故事其实也典出小米，小米说：高粱糊涂油子蒙了心，说得跟真的似的，什么女学

像梦中飘过
一枝丁香地,
我身旁飘过这女郎;
她静默地远了,远了,
到了颓圮的篱墙,
走尽这雨巷。

在雨的哀曲里,
消了她的颜色,
散了她的芬芳,
消散了,甚至她的
太息般的眼光,
丁香般的惆怅。

——戴望舒《雨巷》(节选)

生撑把雨伞在巷子里走,让他撞了一下,她手里的中药包撞得洒落一地,就这样认识了,呸!

说这话时,小米已经是老米了,她日薄西山,气息奄奄地躺在高干病房里,曾经像小米一般金光灿灿的面容已干缩成一大粒核桃仁。她有时清醒有时糊涂,但不论哪一种状态她都在痛骂:高粱花子,我死也饶不了你,我死也饶不了你!她这时的神态完全不像一个受党多年教育的老同志、一个资深的老护士长——她仿佛回归成她童年时代遥远北方的某个山村的老娘们。雪果静静地靠在床前守着母亲,母亲的大半生都是在对高粱花子的怨恨中度过的,他们的关系曾一度和缓,但并不长久,仿佛只是两名马拉松长跑运动员在几乎到达极点前停下来喝口水时的缓解，接着便是铆足了劲儿地拼死继续。

小米在医院上班那会儿，对这样怨恨的表达还有所收敛。丈夫不在时，她会在那些一同南下的老战友面前揶揄泰安几句，仿佛伤口已经愈合，重新提起这个人不再让她伤心。那时雪果的父亲还活着，雪果想：母亲之所以尽量不让父亲知道她在骂泰安，并非是因为她非常在乎父亲吧。记得有次母亲指着电视新闻里的泰局长说：高粱花子也有老成这一天的样子！父亲喝了口茶，慢悠悠地说：我看你怕是到死也忘不了你那个高粱花子了。

雪果靠在母亲的病榻前，记起父亲的话，想：这是母亲以仇恨的方式表现的爱吧。

雪果曾经走访过杭州城的许多小巷，她想象中的小巷意韵几乎都已经消失殆尽了，但她偏于相信泰安曾经有过的叙述：在雨季，在春花将落与夏花初绽的1949年的杭州的深巷，一个短发的白衣黑裙的女学生，撑着油纸伞去为久病的父亲抓药，此间与来自北方刚刚渡江的青年军人，以某种方式不期而遇并一见钟情。

雪果小时曾偶然见过那个叫梅涵的女人。她早已不在剧团拉二胡了，雪果是在排队购买芭蕾舞剧团来杭演出《白毛女》演出票的时候第一次遭遇她的。她把戏票从小小的窗口里淡漠地推出来时，雪果想，这就是那个让母亲心烦意乱的女人。那时她已不再年轻了，头发柔

御街　[美]西德尼·甘博　摄于1917—1919年间

软单薄，松松地扎了一把垂歪在肩头，神情还有些倦怠，即便坐着，她看着依然是个高挑个子。想象在1949年5月的蒙蒙细雨中，她是如何向战斗英雄泰安连长走来的吧。她一只手撑把油纸伞，另一只手提一串刚刚抓来的中药包。她愁容满面，心事重重，但不曾遮盖住她青葱岁月时的新鲜与生动。她在淋湿的花下走过，注意着尽量沿墙根匆匆而行，并没有戴望舒笔下那结着紫丁香般愁怨的杭州姑娘的舒缓。她的父亲是一位吐血的小学教师，她的母亲没有工作。物价在飞涨，政府在腐败，而青年人在向往革命。因此她对那天早上共产党军队向杭州这个省会城市的挺进，有着一种阶级感情上的共鸣。尽管兵荒马乱，她依然敢出来为重病的父亲抓药，因为她能感受到新生力量对她的亲和。

在深巷的拐角处她与胳膊上挂着一根白绷带的解放军连长迎面撞了一下，纸伞撞歪了，她措手不及去扶，却又松了手里的中药包，黄表纸松开，药材叹息一般地洒落在地上。姑娘蹲下，轻轻用手去归拢，而青年军人因为长期受三大纪律八项注意的熏陶，是深知不拿群众一针一线和损坏东西要赔的。他几乎是下意识地蹲下，把枪插在腰间，一边帮她捡药，一边连声说着对不起对不起。如果小米没有在后面大吼一声"高粱你怎么落到战士们后面去了"，他不会发现这杭州姑娘的静默无声。但小米那一声嘹亮的号角般的喊叫，让蹲在地上的两人吃惊地抬起头来，目光对视了，姑娘的眉毛近乎于不动般地动了一下，泰连长就跳了起来，跟着小米向前方跑去了。

许多年后雪果在排队买票时看到的那个女人，几乎一言不发，只对每个买票的人略微动一动她的细眉。又过了许多年后，雪果终于明白，这正是母亲永远也不曾有过的江南的风情。

也许，这也是母亲怨恨那个男人的原因吧，她永远不明白、也不接受这样一个事实：一秒钟竟然可以战胜一生。

小米出生三年后，高粱出生了。女大三，抱金砖，他们是指腹为婚的。在北方的乡村，这是多么般配的一对，小米高粱，听着就该搅在一口锅里。小米不难看，什么都长得大：粗眉大眼，大嘴大脸，长发浓黑，睫毛密长，闭上眼像刷子一样盖在眼睑上。面孔一年到头红通通，像新剪的窗花。四乡八里的人都夸小米生得好，高粱才三岁，男人就拍着他屁股叫：个憨小子哪来的福气，顶一头高粱花子，娶这么俊的媳妇！

小米也自以为漂亮，她又比高粱大，便从小照护着他。上山砍柴放羊啊，上集镇看戏啊。夜里守青，本是男人的活儿，小米也带着她的高粱弟儿，那时她可不叫他高粱花子。她可疼她的男人了呢。虽然小屁孩子背在身上也怪沉的，小米却没怨言，那是她日后的男人啊，要靠他吃饭的啊。她瞅着他这个小男人，打从心里头就喜欢得不得了。那是一个大小孩子对另一个小小孩子的喜欢，是华北平原上一个从小就因为失去母亲而担当了一半母亲之职的丫头片子的热情。

在兵荒马乱的年代里，两个青梅竹马的少年茁壮成长。十四岁那年高粱家父母都已双双离世，兄弟分了家，他便顺理成章地成了财主家的牧羊人。那时他就长成了一个清秀的山里少年，老羊倌死后一根竹笛传到他手里，插在羊皮子背心后，不管有人无人时放羊山间，便吹上一曲。别人听了都说：那吹笛子的孩子，可是个伤心人儿。

有时他在山间正望着白云吹笛，小米就气呼呼地挎着一篮煎饼上来了，老远就吼：弟儿弟儿，你就是不听话！你一吹这曲儿村里人就在背后戳俺家的脊梁，又当俺家是势利人儿，让你伤心成这样，只到这笛子里头来诉苦。你说俺是那种没良心的人吗？给你大葱！说罢她就递过一根，又恨又疼地看着她的小未婚夫。

小米家境和高粱不一样，家有几亩地，父亲兄弟都能干活。高粱去放羊，还是小米爹去说合的呢。高粱的东家就是小米家的远亲，小米家挺有良心的，没见着高粱家败成这样就退婚。他们疼着高粱，要不是高粱死活不上小米家，他的日子本来可以比做一个羊倌好多了。

小未婚夫显然已经习惯了小未婚妻的口气，他接过大葱，坐下来就裹着煎饼啃，又被小米一把拦住，攀住他的肩，手掌就擦到他嘴边，边擦边说：看你脏的那个样，从小到大，连个嘴都得让姐擦。十七岁的少女突然脸红了一下，就咯咯咯地傻笑起来。高粱左躲右躲躲小米的手，一边不忘记往嘴里塞煎饼，一边模糊不清地说：你……你你……干什么……让人看……见你走开——

小米就生气了，使劲在高粱肩上扭一把：干什么干什么？不就擦个嘴巴，姐小时候擦你个腚你都忘了？你个没良心的狗东西！

小米从小就会骂人，刀子嘴巴豆腐心，到老了也没改这脾气。她嘟嘟哝哝地下了山，走到半道上，又听到了山头传来的笛声，她就停住脚，侧耳听了听，一跺脚笑骂了一声：就是个死倔驴脾气！高高兴兴下山了。

许多年后她发现高粱要另娶媳妇时,也曾这样叫一声:你个没良心的狗东西!从不还嘴的泰安同志轻轻地说:赵娥同志请不要这样说话。我一早就想告诉你,你这样嘴糙,不像我姐,不像我妈,你像我东家的老婆子!

这话过去后双方又冷战半年,此时战斗英雄泰安在部队已声名狼藉,转业到了地方。小米却得到了一名与泰安同级的,也是战斗英雄的部队青年军官的热烈追求。有时候雪果觉得母亲的嫉恨有些过分,她比泰安还早结婚半年呢,凭什么还是她占着理。小米就叹口气说:这个高粱就和我摽着劲儿,看谁亏在理上呢。

雪果说:妈你是怕丢脸吧?你们那时候,谁后结婚谁就丢脸嘛。

小米病病歪歪地斜在床上,仰起脑袋问:你怎么知道?

雪果发现她的这个假设让母亲又慰藉又生气,连忙解释:我就是随便一说,什么样的可能都是有的嘛。

小米是过了很久才从别人嘴里知道高粱和那杭州女人之间的事的,那时她已经在北高峰下洪春桥畔一家陆军医院担任护士长了。某个星期日下午,几个小护士鬼鬼祟祟地跑来看值班的她,推推搡搡好一阵子,才问:护士长你怎么还不给我们吃喜糖啊?

小米说:去,这事情还用你们操心嘛。

小护士们正色说:不是操心,是担心。今天我们几个上南高峰,又见他们在山上,一个吹着一个拉着，好不登对。

这话让小米听蒙了，有没有搞错有没有搞错地问了几遍才听明白，那吹的确实是泰安，那拉的确实是前回来医院慰问的女学生。他们已经不止一次在南高峰约会了，上回就让这几个小护士碰上过。当时她们就犯嘀咕，想再去一次碰碰运气，没想到果然又碰上了。看来那里就是他们的"革命老根据地"了。

话说部队进城后，青年军官们休了家里的土妻，娶了城里的洋学生，此等事也不是一件两件，但小米从来不担心。她本来早两年就该结婚的，抗美援朝一来，泰安过了鸭绿江，小米又等了两年。这次泰安是受伤送回国来的，就在小米的医院里养伤呢，单等着伤好了就花好月圆入洞房。没想到眼皮子底下就作起妖来，真正要气得人一佛出世二佛升天！

小米到底还是个小领导，经过枪林弹雨考验，沉住气问：你们看清楚了，确是那个拉二胡的杭州女人？

一个略大一些的护士肯定地点点头说：就是她就是她。进城那一次她就到医院里来慰问过了，那次泰营长是手上受了点轻伤，也住院呢。她一来，泰营长就认出她了，他们说个不停，我记得护士长你也在场的。

我记不得了。小米说。她想起来了，那时泰安还是连长，现在已经是营长了。泰安啊泰安，你疯了吗？你胆子大到天上去了，你玩火玩到我小米头上来了！你那么做，对得起党，对得起人民吗?

小米不知是没来得及想自己,还是不敢想自己。她在高粱面前,一直没有那种也可能会被背叛的意识。对高粱的信任,就像是有血缘关系的女人对男人的信任,她像是高粱的亲姐,或者干脆就是高粱的亲妈。

高粱十五,小米十八那年,大人准备让他们成家。十五岁的少年是小了一点,但十八岁的少女却不小了,再说成了家高粱的日子总能过得好些,强似当个小羊倌,风里来雨里去地受罪。那段日子小米忙得很,日本人跑了,国民党又过来了,跟共产党打得紧呢。小米那个村子是共产党和国民党轮流转的游击区,部队三天两天地穿梭。小米是向着共产党的,问高粱:弟儿,你向共产党吗?高粱白她一眼:那还用问!小米喜欢地扭一下他耳朵:傻样儿!那我就当共产党妇女主任了!

她这是向高粱征求意见呢,还是通知高粱呢,还是向高粱炫耀呢?谁知道。反正小米就开始整天和比她大的男人或者跟她一般大的年轻人一起,斗地主老财、分田地、减租减息,连她家的富亲戚一块儿倒霉,婚事也搁下了两个月。那阵子高粱也不放羊了,在村里当民兵。他应该感谢小米才对啊。这没良心的东西,眼见着要成亲,他突然就不见了。谁都没告诉,一夜之间,高粱跑得个无影无踪。

老人们气得磕着烟袋,什么话都骂了。小

米脸涨得通红,眼里含着泪,粗着嗓子说:大爷大娘都别急,等一段日子,准能得信儿,我量他也就是当兵这一条路。他要跟着国民党做炮灰,我小米就当一辈子没见过这个人。他要是跟上共产党了,我就等着,哪怕他瞎了残了废了,我伺候他一辈子。

果然,没多久消息传来,高粱入了共产党,在部队上当兵打仗,可勇猛了,还立过功呢。小米听了高兴,大辫子一甩一甩地满村子跑,又纳鞋底又纳粮。部队上有人过来了,她就上去打听:听说过高粱吗?大名泰安的,不在你们部队上吗?那他什么时候会过来啊?你问俺为什么打听?俺的男人,俺不打听谁打听?

打听来打听去,高粱的那支队伍就是不往

村里过,眼见着转过年姑娘就十九了,再不嫁出去,就在家里搁老了。小米的爹急了,背着一袋煎饼就上了路,他得把他的姑爷先找回来成了亲再说。半个月后小米爹灰头土脸地回来了,一屁股坐在院子的大石碾上,看着女儿半天,说:只有你出面了。

小米说:咋了,部队上不让高粱回家?你没跟他们说,办完事儿就回去?

小米爹叹着气摇头,看着女儿说:你是伤了这娃还是咋了?娃不肯回来呢,首长都劝了,就是不肯回来呢。

小米也生气了:不回来拉倒,当他死了!夜里她左想右想,想不出她有什么地方让高粱过不去了。村里倒是有那么几个后生打过她的主意，都让她挡了，说：门也没有。俺高粱弟儿多可怜，他光屁股的时候俺家都没甩了他，这会儿长成一个人了，我倒给扔了，我对得起祖宗八代吗？

这么想着，半夜里起了床，打了个小小的包袱，拎在手上，摸到爹的床前，说：爹，俺找高粱去了。爹叹口气转了个身子，不回答。小米走到门前，想了想又回来说：妇女会的事情你跟村长打个招呼，我找到高粱就回来，不耽误事情。

爹转过身来躺着，也不看小米，却说：你把事办好了再回来，爹丢不起这个人。

小米有些惊讶，继而是愤怒：怎么啦？这小孩能把我怎么啦？他不就是不懂事使性子嘛，还让你们生那么大的心事。她这么想着，挎着小包袱离开了家。她可没有想到，这一走，就再也没有回去过。

雪果后来整理母亲的遗物时，偶尔翻到了一本母亲早年部队的老战友回忆录，是个油印刻本，其中有一篇题目叫《未婚妻是怎么上战场的》，是一个名叫张林水的老战士的回忆。文章有一段说：

> 听说班长泰安的未婚妻来了，我们赶着到连部去看。倒是班长沉得住气，留在班里站哨，我们拖着拉着他都不肯去。也难怪，班长虽然是个战斗英雄，其实入伍

才一年，满打满算才十六岁，比我还小两岁，还是个孩子，空长了一个细高个子，看上去少年老成罢了。倒是他的那个媳妇生得俊俏，人也利索，大他几岁，听说还是村上的妇女主任。连长好不容易把班长拖来了，班长见了未婚妻不敢抬头，我们躲在窗口，半天才听他问：你怎么来了？那媳妇也问：你怎么来了？

班长说：不是说让你别来吗？

那媳妇说：来不来你说了算？

听到这里连长先憋不住笑了，说：这也叫悄悄话，这不是抬杠吗？

新媳妇大名叫什么我没记住，只记得大家都叫她小米，本来部队是要班长回去办了喜事再回来的,班长死活不肯。他不回去,小米也不回去,部队打到哪里她跟到哪里,手里挎着个包袱,也不怕别人笑话,还挺高兴的。有时白天行军,一群大老爷们里夹着这么一个大辫子姑娘,老百姓看着也奇怪。人人都跟小米说得来,就是我们那个小班长不愿到她跟前去。越不去,大家越说他的笑话,什么荤的都有,真把班长说恼了。首长也没办法,说让泰安再大几岁,懂事了再提。可是小米是老百姓,不能让这个事情影响了军民关系。正为难,小米说不难不难,我就在部队等着吧。小米就这样参了军,到卫生队当护士,那次我受伤,还在医院里见过她呢,风风火火的像个老兵的样子了。伤好后我就转到了别的部队，从此再也没有见过这对革命的小未婚夫妻。大半辈子过去了，一直也没有他们的消息。班长同志，小米同志，你们在哪里？我相信，只要没有牺牲，你们这对革命夫妻，一定恩爱到白头了吧，有什么比经过血与火考验的战斗感情更珍贵呢？

雪果曾经动过念头，想找一找那个叫张林水的老同志，听说他在遥远的东北的一家大型兵工厂，要找到他并不难。后来一想又没了劲头，找到他干什么？就为了告诉他，那对革命的小未婚夫妻，到头来也没有走到一起吗？

当天傍晚，小米就到泰安的病房里来了。泰安同病房的病友已经出院，他一个人横躺在床上，盯着天花板发愣，嘴里还咬着一枝花，是南高峰的野花吧。小米看着他挂到床沿下的双腿，想，这人腿上怎么长出那么些毛，怎么过去我就没在意过？她蹲下检查他受伤的右腿，泰营长躺着没起，不用眼睛看他就知道谁来了。

她问他，今天怎么样？

泰安知道她是问他的伤势呢，说：没事了，早没事了。

没事出去走走，她建议。

他有些警觉，说：我还是有点疼。

她突然声调蔑视地说：恶心！

泰安吓了一跳,一下子折起上身,问:什么?

她用鼻子发一下声音,说:我是说你腿上那些毛恶心,你什么时候长出这些东西来的。

泰安下床套上鞋,抖了抖裤腿,看着小米。他们的目光相遇了,咣当一声,泰安的目光之剑不战而败。他低头,听任小米在他面前走来走去,怒气冲天,像首长正在严厉批评自己最疼爱的下级:你也知道丢脸,你也知道抬不起头,你也知道心虚脸红,你知道你就别——她没能够继续狂怒下去,因为高粱已经径直走出了病房。隔壁两边都是养伤的战友,他不想让别人听到他们之间正在发生着什么。从一开始起他就不想把这事情闹大,越不想闹大,事情就闹得越大了。

杭州郊外的暮色,有了一点落花时节的伤感,但这对来自北方的青年军人都不能感受到。一个是怒气冲冲里的压抑,一个是将到而又未到的暴风雨前的沉默。两人一前一后走,还有人开他们的玩笑,他们也悻悻地回笑,掩饰尴尬。那落在后面的女子笑过后,仿佛要回欠账似的,冲锋陷阵般腾腾腾往前走,赶到了男子前面。那男子呢,仿佛消极怠工似的越发走得慢。行至灵隐路时,彼此已拉出好大一截,两人之间,便被浓暮完全隔绝了。

此地有个好名字,叫九里云松,典出唐朝。一个叫袁仁敬的刺史政务余暇,从现在被称为洪春桥的地方，到灵隐与天竺道上，左右种植松树各三行，每行相距八九尺，日久成材，一株株长得高大茂盛，日光穿漏，就像碎金屑玉，行人走在其中，衣衫尽绿。后来遭人砍伐，松景每况愈下，日军占领杭州之后，松树几乎砍伐殆尽。直到泰安和小米他们解放杭州城，安顿好粮草兵马，这才又架桥铺路，种树栽花，培育马尾松、黄山松和黑松。三两年过去，小松也有了成材的架势。晨夕间穿着病号服的军人们，散在前往灵隐烧香的市民间，松下漫步，倒显出和平松弛的景象。

　　小米走着走着，怒气渐渐平了一些，步子往里一折，就到了洪春桥畔小亭子口。借着最后的一丝余光，在部队扫了盲的小米同志看到一块假山石上刻着的四个字：双峰插云。她依稀记得，这好像还是个叫什么康熙的皇帝写的。说的是南高峰、北高峰，两座山高得都插到云里去了。

北高峰她是去过的，离医院不远，得先到灵隐寺，穿过一座石头山，满山的封建主义石菩萨，她一个也不想看。这里来来往往的老百姓都爱背个黄挎包，里面插着香，上山时还有老太婆一步一磕头。小米她们一群女兵斜眼看着她们，觉得不可思议；而老太婆们也会用余光乜她们，也觉得不可思议。

北高峰其实也不高，像小米那样从枪林弹雨里行军出来的人，一会儿工夫就到。倒是那

塞儿令·西湖秋夜

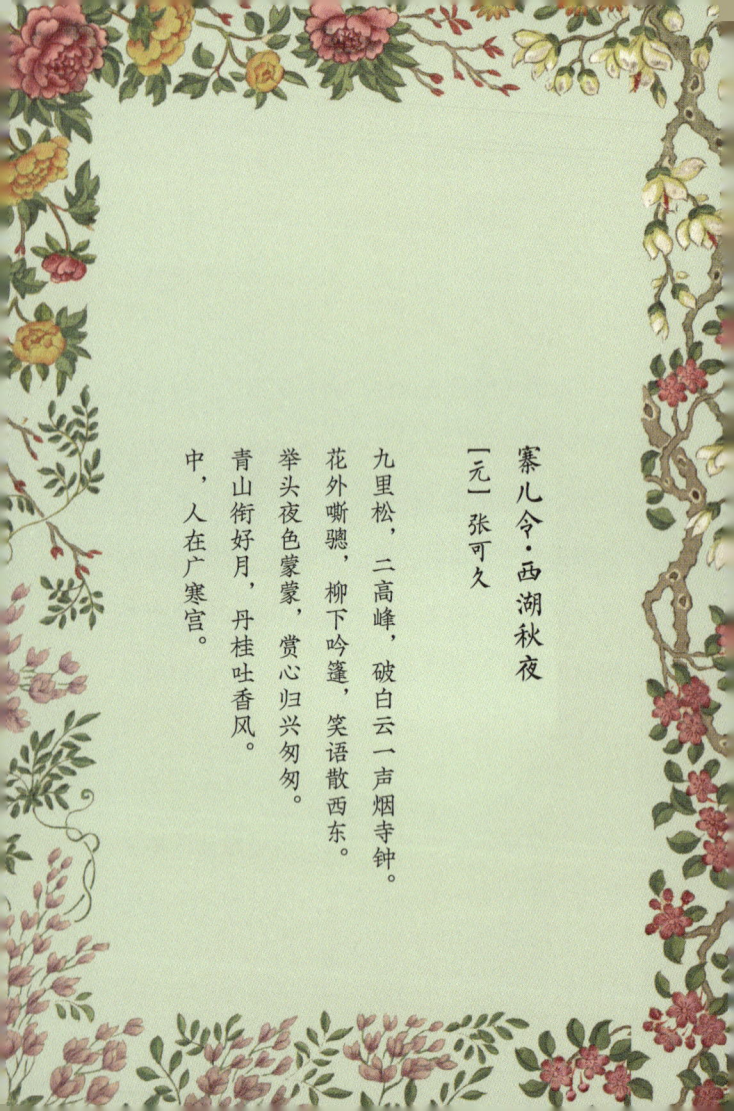

[元] 张可久

九里松,二高峰,破白云一声烟寺钟。花外嘶骢,柳下吟篷,笑语散西东。举头夜色色蒙蒙,赏心归兴匆匆。青山衔好月,丹桂吐香风。中,人在广寒宫。

几个城里的女学生兵，还娇滴滴地拿着一块手帕扇啊扇的，旁边那几个单身的连长营长，甚至还有团职干部，一路上就给她们讲战斗故事，让她们看他们的伤口，走走停停，半天到不了山头。小米隐隐心里有些不平，又想，自己有着高粱呢，高粱在朝鲜打过仗呢，就开阔了。

站在北高峰顶往南看，能看到南高峰，也就是差不多的山吧，还常被云遮着。院里的女护士们说过想去南高峰的，那几个上海小姐尤其有兴趣。那边离北高峰有二十里路，小米觉得没劲。她是护士长，从小在山边边上长大，她爱工作，连院里组织的舞会也懒得去，常常开着开着她就又回值班室值班了。院长说：小米你也跟别人一样放松放松吧。小米笑笑说：

我跟她们不一样。院长就意会了。是的，小米和那些新入伍的学生兵不一样，哪哪都不一样。她不跳舞，整夜值班，她是老革命。

泰安跟着进了小亭子，他没顾得上看那"双峰插云"的假山刻石，一屁股坐在石柱凳上，也不说话。小米站在他面前，狠狠喊一声：高粱，看着我！

夜色完全降临，横在他们之间。高粱愣了一会，说：看不见。

小米想发脾气，张开嘴，扑哧一声笑了，泰安也笑了，像神经质的病人。笑完了，小米说：没想到你也闯这样的祸，你丢死我个人了！

泰安说：小米姐，我早就想跟你说了，我早就想好好跟你谈一谈！

小米低吼道：你跟我说什么，我们都是组织的人，有话你跟组织说去。

泰安一声不吭，她更生气，又低吼：说，什么时候勾搭上的？

泰安听了，站起来回答：你用这样的字眼，我什么话也不会跟你说。他就往亭子外走，被小米发了横似的一把拉住：你倒是敢往外走一步！你不给我说清楚，别想出这个亭子。

泰安真急了：你冷静，你冷静下来我就说。

小米说：放屁，是谁干了见不得人的事，"冷静"两个字是你可以说的吗？

泰安说：我没干见不得人的事情！

小米说：撒谎，今天你干什么去了，跟谁一块儿去的？

泰安说：我就是跟梅涵上南高峰了，我还见着你手下那几个人了，我就知道你要发作，你说你想怎么办吧。

小米第一次听说这个杭州女人的名字，就在这天夜里。她还真没想到泰安会那么爽快，嘴还那么硬，倒还真像个"战斗英雄"的样子。她愣了一会儿才说：你还有脸说。

泰安说：迟早有说的那一天，今天我都跟你说了。你问我什么时候跟梅涵开始接触的，老实告诉你，就从部队进城那会儿开始的。

小米倒抽了一口凉气，事情远远比她想的要严重得多。她没想到他那么爽快地承认了。她没有这个思想准备，回不过神来了。心里害怕，嘴巴却接着硬，喝道：高粱，你想干什么？

泰安站着，他现在比她几乎要高出大半个头去了，他迟疑了一下，又仿佛要借着夜色壮胆。他说：你说该怎么办就怎么办，反正我们现在也还没有结婚——

还没接着往下说完，就被小米拦腰截住，她使劲摇头，仿佛想把刚才听到的半句话甩出脑袋：高粱你给我听着，咱俩的事，什么时候轮到你说怎么办了？你还在你妈肚子里，这事就在了。我不听你说怎么办。

泰安声音也响了起来：那你要我说什么？

小米声音也响起来：你做了这样的事，你就不亏心？你就一句话也没有？

我知道我对不起你，这话我在前线坑道里都不知道说了多少遍——

南高峰骋望亭日出 吴国方 摄于2021年

于南高峰上东瞰平芜,烟销日出,尽湖中之景。南俯大江,波涛洄洑,舟楫隐见杳霭间。

这话小米听得还舒服,下面半句就不对了,五雷轰顶一般了——我就是想着已经对不起你了,不能再耽误你,趁你现在还年轻,咱们还来得及各自重新开始——这句话没说完,泰安脸上就结结实实挨了一下,黑夜里十分响亮。泰安抚着脸看看四周,还好没人,他拔腿就走,知道今天没法谈了。

照那些事后诸葛亮们的说法,小米是搬起石头砸自己的脚。部队进城那会儿,泰安受的那个轻伤本来不需要住院的,小米进驻了九里松部队医院,非要检查泰安的伤口,还说:你身上大伤口没有,小伤口一大堆,跟姐到医院住几天。泰安还想拒绝,团长喝道:去,都进了天堂了,你还想打仗不成?你想打也没处打了,国民党都赶到海里去了,小夫妻也该入洞房了。

在医院没住几天,小米来找泰安了,一边往他伤口旁擦酒精,一边说:高粱,我打听了,现在团长营长都有不老少还没成家呢!你个小连长就等一等吧,你立了功,早晚还得进步,等进步了咱们再成家。你看行不?

泰安一边让他的小米姐劳动,一边说:你说咋办就咋办呗,反正这事也不是我说了算。他现在也油皮了,说起他和小米的亲事也不脸红了。

又过了一阵子,泰安的职务还没提起来,抗美援朝的事儿来了。小米又来找泰安,还没开口,泰安说:小米姐你放心,我已经报名上前线了。小米听了红光满面,说:我也报名了,咱姐弟俩要还在一个部队多好。高粱听了也兴奋,说:那是!我受伤了还让你护理。小米呸了一口说:臭老鸦嘴,不许胡说。她那时的样子还真有那么几分动人,泰安就呆呆地看了一下,心似有似无地动了动,但立刻就被小米的豪迈举止打飞了,跟没动过一样。小米使劲拍着高粱的肩膀,说:高粱,上了前线好好干,再挂几个军功章回来,为党为人民立新功,也给你小米姐长脸。

泰安听此言一个立正敬个军礼,应道:是!

没过多久,命令下来,泰安上前线,小米

留杭州。那天夜里医院开军民联欢会，月光下的户外还点起篝火。城里来了一群学生，又是唱又是跳：解放区的天是明朗的天……猪啊羊啊送到哪里去……革命军人个个要牢记……正闹得厉害，下一个节目是二胡独奏《光明行》。这就上来了一个白衣黑裙短发的杭州少女，自己拎一张凳子，坐在火光的暗处。她细高挑的个子，垂着眼，弓杆一抖开，目光却又越过人群，不知漫散到哪里去了，三两下，沸腾的人群就静得鸦雀无声。她的上身缓缓地随着旋律波动，那摇曳是一种仿佛在欢乐中带有痛苦的摇曳，仿佛身躯里藏着什么东西要迸发却又找不到出路，正在苦苦寻觅。琴弦在她手里绵绵长长像江南的雨，像绷伤口的绷带，像一颗大茧子刚刚抽出丝头，抽啊抽地没个完，真要把人的魂儿勾上天去。泰安不由自主地盯住了那少女的胸脯，那并不是十分丰满，至少不会比小米的胸脯丰满，他的两只手握在了一起，心幽幽悠悠起来了。

曲子将尽未尽，鼓掌声尚未响起，泰安连长就梦游一般地上去了。他恍恍惚惚地张开手，问：有笛子吗，带了笛子吗？他已经很久没有吹笛子了，今天夜里非吹不可。司仪把笛子给他，问他想吹个什么，他说不知道，他就想吹他从前在山上放羊时吹的调调。话刚说完，一声长音嘹亮而又辛酸地响起来了，它缭绕在南方的松间林下明月间，说不清的荡气回肠。篝火堆爆发出来的火星发出噗噗噼噼的声音，炸开了一个个的小花朵，在黑夜中此起彼伏，和着松涛迎风起舞。人们一开始是惊呆了，来不及鼓掌，又听背光处那缠绵悱恻的声音，和着笛子绕起来了。一会儿笛子声轻了，琴声响了；一会儿琴声轻了，笛子声又响了；一会儿两个声音缠绕在一起，你中有我我中有你，你根本找不到头绪，你就沉浸在幸福的彷徨之中。一会儿清醒过来，急切地分开，仿佛要各自夺门而走，但又依依不舍，一步三回头，藕断丝连、拖泥带水，过一会儿又回心转意地聚首。这样反复循环，终于曲终人不见，江上数峰青，把大家听得目瞪口呆，心旌摇曳，不知今夕何夕。静场俄顷，掌声响起来，那吹笛的走向拉琴的，都没有握手，却异口同声地问：你还认识我吗？

雪果问过母亲，笛琴相和的那天夜里她到哪里去了。小米回答：我到哪里去了，我不就是值班去了吗？革命工作，总得有人干，都去唱歌跳舞，谁照顾病人？再说我后来也赶回来了，还看着他们说话呢。这些杭州女人，阴险得很，说是来慰问解放军的，心里怀着鬼胎，都是来挖墙脚的。那次联欢会，拆散好几对革命夫妻。我们打小参加革命部队的人，哪有她们那套狐狸精手段。

小米没有接着往下说，她和女儿虽然几乎无话不说，但真正实质性的东西她还是避而不谈。倒是雪果问她，后来那个高粱有没有再找过她。小米沉默了一下，生气地摇摇头，说：

北高峯

北高峯乃湖開粧鏡金鈿空盧夘原村落瞰若片紙畫圖中之觀哉時間日景將西海雲更霏拂淇々縈紆𦰧々疊疊青黃山浮々冥漠矣即此去地千尺著眼廈屋不知家隔何地知了世緣東縛不作塵外遐想

找不找还不是那回事。

女儿说：你别那么恨他，我知道他找过你。你不给他面子，你就是脾气死硬。

母亲说：你倒教训起我来了。

女儿说：我哪是教训你，是你女婿教训我，他说要不是我遗传了你的脾气，一点趣味全无，他也不会要跟我离婚。

母亲更生气了，说：你是你我是我，你的事情责任在你，当初明明不喜欢他偏嫁给他。我的事情，可是没有一点责任。

话虽那么说，小米还是想起了那天夜里的事情，她隐隐约约地觉得那天夜里她不是没有机会的，但她不能那么做，她是革命女战士，怎么能和那些城里的狐狸精一样呢？女儿也没有接着往下问，女儿已经习惯了把母亲当作母亲而不是当作女人看，问母亲女人的问题，雪果会觉得不好意思。

事实上，那也是小米唯一一次发现泰安对她感觉异样的夜晚，但小米没有抓住，结果那个夜晚成了她把自己给搞砸了的一个夜晚。

篝火晚会开到一半时，小米到现场了，她没听到笛琴双奏，倒是看到高粱站在松林旁和老百姓说话的背影。她没在意，晚会没结束就又回去了，她记得要给高粱补几件衬衣。衬衣还没补完，高粱就来了，双眼发光，神情异常，像喝了酒，一屁股坐在小米对面的椅子上。他的样子松松垮垮的，有些放肆。小米等着他说话，见半天没有声音，抬头说：怎么啦，又喝酒了？老百姓面前喝醉酒，像话吗？

泰安连长说：我没喝酒，酒不醉人人自醉。

小米诧异地看着他，问：没喝酒怎么这个样子？起来，试试这件衬衣。泰安就乖乖地站起来试衬衣，看着小米。胸膛起伏着，小米奇怪地看了看他，说：你怎么啦，热的？

泰安看着她，鼻孔里热气直蹿，手举了起来，到小米的头上方，犹豫一会儿，捡了一根草，说：你头上粘的什么？

小米晃晃头说：怕是松针吧，一会我自己洗。

泰安突然抱住了小米，两只手先是死死搭在小米背上，小米一惊，背就像块石头般硬了起来，继而发现那两只手松了，仿佛就犹犹豫豫不知下回如何分解。小米这才松下心来，托起他的一只手打开。见高粱还算老实，没有下一步的动静，说：你这是干什么？放开手，人家进来看到多不好意思。

泰安尴尬地放开了另一只手，脸上一股弄错了的表情，说：明天就上火车了，要是牺牲，就见不着了。

小米听了好感动，放下手里的针线活，深情地看着她的高粱弟儿，说：说什么话，枪林弹雨都过来了，我不信你闯不过去。

泰安搓着手，一边说我没事，我没事。

小米看他的样子就知道有事，都大姑娘了，小米还能不明白他有什么事。脸一红，说：你要实在想,今晚姐也豁出去了,犯纪律就犯纪律吧。

一听这话泰安更尴尬了,连连摇手说:我没事我真的没事,姐你想到哪里去了?我怎么会让姐犯纪律呢?

小米捋了一把高粱的头发,说:那你答应姐,一定活着回来。

高粱点着头说:一定一定,姐你放心,我不会让你丢脸的。

他呆呆地站在那里,不知道该往下说什么。倒是小米大方,给泰安又好好倒了一杯水。实际上她也有些心慌意乱,但她是姐啊,在战士就要出征的前夜,她得给战士鼓劲,不能让他分心啊。这种时候怎么还能谈什么风花雪月,什么男男女女呢？小米早就火线入党了，当了好几年小组长了呢，她知道什么叫一切服从党的最高利益。她沉住气不慌不忙，缓缓而行。那天夜里他们俩谈了多少知心话啊，在部队上那么些年，也没有那晚讲的话多啊。他们讲新中国、讲理想、讲共产主义的一定实现，讲美帝国主义的必然失败。当然他们也谈细的，比如朝鲜的冬天有多冷，怎么挖坑道以及干粮要如何储存。泰安最后是打着哈欠回病房的，第二天他就直接从医院上了前线。

这是一个多么值得怀念的夜晚啊，高粱弟儿走后小米久久不能入睡。她刚才硬如磐石的背现在柔软开来了，她第一次感受到一个从小孩转化过来的男人的气息，她甚至隐隐地有些后悔自己没有勇气犯纪律。要是高粱真的回不来，小米想她是要后悔的。为此她流下了些许眼泪，又为这眼泪难为情，她想这都是一些不可告人的资产阶级的感情，她可不能让任何人知道。因此我们可以明白，如果没有这样一个战斗的前夜，小米对后来发生的泰安的移情别恋，可能不至于这样气愤吧！知道所谓的事情真相后小米更糊涂了，小米打死也想不明白，这个臭高粱王八蛋，怎么刚刚搭上了杭州女人，就来跟她套热乎呢。他上衣口袋里的字条上还有那个梅涵的地址呢，他怎么倒来抱她小米了？是这个臭不要脸的高粱把她小米当成了梅涵，还是把那个梅涵当成了小米，还是谁也没出错，高粱是要把小米和梅涵全都"一锅端"了呢？

泰安在前线确实比别人多出一档事。人人都知道他有女朋友，但不知道他在炮火之余要同时给两个女人写信。当然，投桃报李，梅涵的信长，他的信也回得长；小米的信短，他的信也回得短。他是个细心的人，每次寄信，封好了口子，他又会拆开看看有没有张冠李戴放错了。实际上他的信拆开了给谁看都没关系，他叫小米同志，叫梅涵也是同志，而两个女同志给他写信也叫他同志。他对梅涵并没有任何承诺，最多在信尾加一句豪言壮语：等着吧，等着光荣的志愿军战士胜利归来。他想这是一种泛指，但他心里又希望梅涵等着的只是他这个志愿军战士。

从字面上理解，这三个同志看上去一点也不像是在谈三角恋爱，倒像是在传颂一张张三角捷报。但泰安还是心里有鬼，他是个自学成才的军中秀才，第一次尝到恋爱的滋味，知道那些同志下面的非同志含义。他给梅涵写信的时候，心里是情意绵绵的，他甚至把梅涵的信放在贴身的小布口袋里。罪过的是，那些贴身小口袋却是小米同志缝制的啊。想到这里，战斗英雄泰安就愁得心中一片阴云。他不知道回国后该怎么办，也不愿意想得那么远。有时候他想远了，想得走投无路就又绕回来想：什么时候为国捐躯了，也就什么烦恼都没有了。然而他却没有为国捐躯，只捐了一条腿，而且还只是暂时捐献，伤养好了就又回收过来了。回国养伤的途中泰安想,他一回国就把事实真相告诉小米和梅涵,一天也不能拖了,该怎么着怎么着吧,我堂堂大男人再不能做那么鬼鬼祟祟的事情了。

话是那么说,但那鬼鬼祟祟却有鬼鬼祟祟的迷人无奈之处。火车停在上海站,车门口一亮,泰安惊得一下子站了起来,他的胸膛一下子像鼓满风的船帆,胸口就像是受了伤一样痛起来。他看见了专程从杭州赶到上海来接他的梅涵。看着姑娘含泪的眼睛和她手里的鲜花,他又快乐又痛苦,他没想到这杭州少女会有这样的深情。从上海到杭州的四五个小时里,必须要说的话他怎么也说不出口,直到下了火车,部队医院汽车来接他们前的几分钟,泰安才对梅涵说：部队有部队的纪律，我有许多话来不及跟你说，不过我一定会对你说的。你先回去，记住，我没有找你前，你先别来找我，一定记住。

杭州女学生梅涵的表情看上去有些迷离，但她还能点头说好的，我等着你的消息。她又那么站了一会儿，头一会儿抬起一会儿低下，乌黑发亮的短发挂了下来，又扬了上去，让泰安恍惚间回到了第一次进入杭州的暮春的巷子，看见那个蹲下来捡药的杭州女子。现在她更美丽了，眼眶里都是泪水，泗红的嘴角微微抽搐，受了委屈般楚楚动人。泰安实在不知道怎么办才好，鬼使神差捋了她一把头发，夹在她洁白的耳根后，说：去吧，去吧，我会跟你联系的。

湖山十景 其十 两峰插云

[宋] 王洧

浮图对立晓崔嵬，
积翠浮空霁霭迷。
试向凤凰山上望，
南高天近北烟低。

那梅涵就一转身跑了,扭动着腰肢,跑了好远也不回头。泰安连神都还没有回过来呢,一阵热烈的笑声爆发在耳边,他听到一个熟悉的声音高声地叫着:高粱,高粱,泰安,高粱,你在哪儿。——没事没事没事,我知道你不会有事。话音还没落,胖了一圈的小米就站到了他面前。她穿着一条军裙,系在衬衣外,越发显得茁壮,头发倒是养了起来,梳成了两条又短又粗的大辫子,后脑勺上一大堆短发梳不起来横在后颈间,头上冒着热汗,开心地笑着,合不拢嘴。她的耳朵也红红的,像红高粱一样成熟饱满胖鼓鼓的,被头发一衬,越发显得黑红相间,她看上去热气腾腾的,像刚出笼的包子。

泰安也热烈地笑了起来,小米姐小米姐地

叫着,看到她他非常亲切,就像看到了老战友。从梅涵过渡到小米,他甚至没有一点慌张掩饰的感觉,好像一切都天经地义,顺理成章。这并不是说他不再感到痛苦了,不是。现在他的胸口依然有痛苦的感觉,但他已经能够清晰地感觉到,那痛苦,的确仅仅是属于梅涵的。

我们本来应该同情那两个女子,她们都被蒙在鼓里,做着自己的未来之梦。但我们又不得不同情那多情的战斗英雄泰安同志,明明知道越拖越不是一个事情,但泰安同志就是架不住一个拖。重新回到医院,人们都当他和小米已经是两口子了,走到哪喜糖要到哪。又加上战斗英雄刚从前线下来,请到东请到西地作报告，锣鼓鞭炮大红花一起来，把泰安这张嘴封得说不出一个"不"字。眼看着成亲的日子一天一天接近，夜里泰安头一碰到枕头，一弯白耳后的一缕黑发就晃动在眼前，他急得跳起来就打自己的头：怎么办怎么办怎么办？明天一定开口，明天一定要摊牌，可是他说不清楚跟哪一个摊。最初他是决定把一切都跟小米"招供"的，他知道跟小米说了，就意味着向梅涵靠拢。但回来才半个月他又想向梅涵"招供"了，跟她说了会怎么样呢？他没法想象。他没法想象从此心里不再有杭州姑娘梅涵的日子。他一天一天地挨日子，直到他接到了那个电话。

电话是星期天早饭后从值班室打来的，真是可怕，还是小米接的电话。她乐哈哈地叫住泰安，一边让他接电话，一边告诉他说她今天要到军区医训班去学习一天，吃饭别等她了。泰安手里提着话筒，头发都惊得倒竖起来——尽管对方没有说一句话，但凭着话筒里传过来的声息，他已经预感到那会是谁。他用手捂住话筒不动声色地对小米撒了一句谎说：可能又是学生来请我作报告，我中午也回不来了。等小米回头一走，他就压低声音对着话筒问：是梅涵吗？

对方的声音怯生生地传过来，她说：对不起，对不起，请别生我的气……

泰安突然感觉自己豪情万丈，他胆大包天地开了一句玩笑说：小傻瓜，你在哪里？

梅涵说她就在医院门口，她实在太想他了。

她还想说对不起,让泰安一下子拦截了,他想都没有想就说:你等着,我马上出来。

泰安换上一件便衣就出来了,他的腿已经好利索了。在不到大门口的桥头他看到了小米坐的军用吉普车,他看到她亲热地跟他招手,他也亲热地跟她招手,他这所有的一系列动作都像一个地下工作者。事实上他从来也不是这样的伪君子,更不是一个花花公子,也绝非是一个开始向腐化堕落的资产阶级分子靠拢的人。他刚从枪林弹雨中下来,想到那一轮洁白的耳垂和一缕黑发,他的心醉了。

远远地他看到了扶一辆自行车在门口等着的杭州姑娘,白衣黑裙,像一个符号,那是另一种生活的象征。小米他们经过她身旁的时候

兩峰揷雲

也看到她了，但这个老百姓没有引起他们的注意。过一会儿，泰安跑上前去，来到姑娘身旁，大口地喘着气，门口一个人也没有，真安静。他说：我一天都有空，你说上哪就上哪。

小米去世前交代过雪果两件事，一是南山陵园的墓地她早就订好了，雪果吃惊地问：不和爸爸在一起？小米摇摇头，说：活着不是一直在一起吗？这话下面的意思，倒反而像是活着在一起是一件稀罕事似的。那时小米已经不太能说话了，雪果想，管它三七二十一先答应下来，以后的事情还不是得由我们子女说了算，就点点头算是答应了。小米的另一个愿望却是弥留之际提的，她要让雪果在她死后捧着她的骨灰盒上一趟南高峰。雪果没想到母亲还会有这样的要求,她点了点头,眼泪就流下来。泪眼中再看母亲,一个模糊的柔和的女人,一向宽宏的雪果开始恨那个叫泰安的男人了。小米倒像是没有看到女儿流泪,她迷迷糊糊地翕动嘴唇,雪果俯下身去,把耳朵凑到母亲的嘴边,才听清楚,母亲说:他带我去过北高峰的……雪果惊慌地想,他是谁?是那个泰安、那个高粱花子吗?他什么时候带妈妈去过北高峰的,不会是妈妈已经进入临终前的意识模糊吧——但仿佛是为了立刻回答雪果的错误判断似的,小米睁开了眼睛——雪果从来没有看到过这样迷茫的眼神。她已经开始失散开去了,但还要用尽最后一点气力企图凝固住,瘦得皮包骨头的手指死死地扣着女儿的手，问：为什么他要带她去南高峰呢……

也许因为是将死之人的问话，那声音里竟然透着哀求，雪果失声痛哭，额头抵着妈妈的手背。小米却已经听不见了，她的面容从不安紧张开始进入平静，但仪器表明她并没有立刻就离开这个世界，那个活着的难题既然无法带到死里去，只有抓住最后残存的一息进行解答。然而那依旧是不可能的，雪果哭了一会儿，抬起头，终于大叫起来：妈妈，妈妈，你放心，我带你上南高峰，我一定带你上南高峰……然后，她清清楚楚地看到母亲吐出了一口长气，手一紧，终于松了。

西湖旧梦 其一

[宋] 汪元量

南高峰对北高峰,
十里荷花九里松。
烟雨楼台僧占了,
西湖风月属吾侬。

因为老话所说的入土为安，母亲的骨灰盒放在殡仪馆一段时间之后，雪果决定把她移到她指定的墓穴去。但雪果的兄弟姐妹中没一个同意她的意见——他们根本无法想象让已经死去的父母各自分开躺在地里——难道他们离婚了吗？没有！难道他们闹了一辈子离婚吗？也没有！凭什么老头老太死后要分开？雪果告诉他们，这是母亲临终的愿望，有遗嘱、有签字的，你们又不是不知道。他们惊奇地看着雪果，说：你这是怎么啦？谁都知道妈还没住院就精神错乱了，要不她这么一大把年纪，怎么还会把那个高粱放在嘴里念叨个不停。她一开始就想不开，年纪越大越想不开，她疯了，真丢人。你还想干什么，让他们高粱花子家的人再来笑话咱妈。人都没了，还让我们丢一回脸。

雪果说她不知道妈妈究竟有没有疯，不过她是在妈妈临终前答应了妈妈的要求，她才撒手西归的，她得实践自己的诺言。她的兄弟姐妹气愤地盯着她：好吧，你想怎么办就怎么办，反正你是老大，接下去的事情我们不管了。不过你自己的事情都搞不清楚，结婚离婚乱成一团，你还能管好妈的后事？有一句话他们没有说出来，他们觉得，他们的这个姐姐和妈妈一样，精神错乱了。

雪果就是因为要在清明那天为母亲下葬，才提前两天先到南山陵园去办手续的。陵园在玉皇山脚，墓址就在烈士陵园后面，面对钱塘江，是块好地方。父亲也葬在这里，但和母亲要的那个墓址差几排，抬一抬头，还是能看到的。雪果想到这里，突然意识到，死去的人不可能再抬头看自己活着的位置，埋在这里还是那里，究竟有什么区别呢？

她终于找到了母亲墓区的那一条通道，正要走进去，却见一群人围在母亲墓穴旁，正在扫旁边另一个死者的墓。雪果想往旁边站一站，等悲伤的人们走后再过去，但无意中却听到有人在叫她母亲的小名。这让她觉得非常奇怪，叫妈妈小米的人其实并不多，但前面那位长者把手抵在墓碑上，分明叫的是小米，他还叫着老班长。声音里带着老年人的沧桑：班长啊班长，小米啊小米，想不到我们在这里见面了，老战友啊，我在西湖边见到你们两个了。要不是这次老干部旅游，我还捞不到这个机会来杭州呢。我到了杭州要不是碰巧见着你大儿子，我还不知道你们两个已经长眠在此了呢。班长啊，你还比我小两岁啊，你怎么走到我前面去了，这些年我到处打听你们的消息，你们好啊，儿女都成行了……

雪果突然明白那老人是谁了。

那群人又停了近半个时辰，终于扶着老人走了，只留下一个中年男人，他们都叫他大哥。他说他想在这里种几株柏树，那群人没劝走他，也就不勉强。人走后，那中年男人开始松土种树，松的却是小米墓前的树洞。雪果走了过来，他抬起头，但没有站起来，说：对不起，让你妈做了一回我妈。雪果问：你看见我了？那中年男人说：你一来我就看见了，我知道你是谁，从前我爸把你指给我看过。雪果这才有些吃惊，问什么时候。那男子笑笑说：很久以前，我和你是一个大学的。雪果蹲下来，一边帮着他种树，一边说：那老人姓张吧？我看过他的回忆文章，他一直以为你爸娶的是我妈呢。我叫雪果，你呢？

中年男人名叫泰平，正是泰安的大儿子，在省城一家旅游公司工作，凑巧接待了一个老干部旅游团，团里有个叫张林水的，向他打听泰安，事情就是那么巧。泰平说：一听说你妈把墓地买在这里，我估计就有可能会在这里碰到你家的人。不过我种这些树苗不是专门给你们看的。现在我们的父母是邻居了，远亲不如近邻，以后彼此多照应啊。

雪果点点头，还是说：我们家的兄弟姐妹，可不会同意把我妈借给了你爸的。泰平有些不好意思，说：张老一眼认准了我母亲就是你母亲。我没有时间向他解释，他来这一次，也是重逢，也是诀别——雪果点头表示同意，补充说：我明白，我明白，他们那代人和后来的人不一样。不过我实在是没有想到，我妈会把墓穴选在你父母墓址的旁边。她看着那只因为还没有放入骨灰盒而敞开着的穴位，刚刚下过雨，穴中积了一小半雨水。旁边泰平父母的墓碑看上去要体面多了，两个人的名字都是烫了金的，后面署了一大批儿孙的名字，墓板上还放着盛开的鲜花。雪果突然悲从中来，放开一直扶着的松柏苗，想：这太不公平了。泰平正在培土，好像没在意雪果做什么。雪果终于把话说了出来：我妈一个人躺在这里……

泰平用手按泥，一边说：怎么是一个人呢？不是还有我爸妈吗？现在他们可以和平相处了。

这话一下子就把雪果说通了，他们一边讨论着下葬时的注意事项，一边就很默契地把一些事情商量好了。下山的时候他们一起走，雪果不知不觉和泰平说了许多话，甚至说了清明那天要先带着母亲的骨灰盒上南高峰的事情。泰平跟她告别的时候，很诚恳地说：南高峰离城里有段距离，你还要到殡仪馆捧骨灰盒。如果不介意的话，我可以用我的车送你到南高峰

两峰插雪

[明]蓝瑛 西湖十景 两峰插云

脚下。你刚才讲的关于你母亲和我父亲的事情很有意思,让我想起父亲晚年跟我说过的一些话。我父亲讲起过你母亲是和他怎么一起上的北高峰——

——你说什么?你说你父亲在你面前提起过我母亲?我们真是越说越近了,当然我不反对你送我到南高峰。因为我从来没去过那里,虽然出生在杭州,但不是所有杭州人都会去南高峰的。我妈从前一直不准我们家的人提"南高峰"三个字,我现在知道这是怎么一回事情了。

杭州的南北二峰,南高峰在西湖西南的烟霞岭旁,海拔二百五十六点九米,北高峰在西湖西北的灵隐寺后，海拔三百一十四米。在西湖群山之间，层峦叠嶂，重谷回合，绵延二十余里。但从远处望去，则是双峰对峙，近若咫尺，秀出群峰。当年小米给高粱一个耳光的洪春桥畔，是最宜观看这一山景之处。所以康熙才在这里题了"双峰插云"，还专门造了个遮碑的亭子。雪果捧着母亲的骨灰盒坐在泰平的副驾驶座上，一路上没有开过口。快到烟霞岭时，才问：医院离南高峰那么远，你爸爸为什么要带你妈妈上那儿去呢？

想找个没人的地方吧，越远人越少，人越少越安全，是不是？泰平平静地说。他的车很漂亮，但雪果不知道那是什么牌子的车。她想了想，说：你说过你父亲和我母亲一起去过北高峰，那就对起来了。医院离北高峰最近，抬腿就到了。现在我猜想，他们大概去过不止一次，他们的决裂也是在山上最终结束的吧。对你爸爸来说，北高峰是属于我妈妈的，所以对你母亲他选择了南高峰，是这样的吧？雪果想起了母亲临终前的疑问。

这个我就不太清楚了。泰平已经开始停车，但他没有停止说话，我爸爸讲过这件事情。好像那次还是我母亲提出来的，那天她借了辆自行车，后座上还夹着笛子和二胡，前面兜里放着干粮和水。我妈这个人，看上去文文弱弱，其实心气很盛的。可以说，对爸爸，她是蓄谋已久的吧。

说这话的时候他已经完全停好了车，走了

下来,望着南高峰说:我小时候倒是常来这里,山上有个千人洞,我还记得有人在洞旁刻的诗:天池窈而深,此洞更深广,昔人遗瓶灶,宛作花源想。我那时候顽皮,杭州的山全爬遍了。你怎么样,如果你不介意的话,我可以和你一起上去。这山不是很高,但和北高峰不一样,怪石嶙峋。我是说,如果你母亲在天之灵宽宥了这一切的话——

雪果看看山,再看看眼前的中年男子,一切都跟自己预感中的一样。她闻到了那种特殊的陌生气息,她觉得他在这时候说出这样的话一点也不奇怪——她想,梅涵之于泰安,大概也是这样吧。只要他们一起上了这座山,心里的那点情愫就拉出来了。

泰平从汽车后座里拿出一个旅行包来，一边说：瞧，我和我妈一样，也属于那种蓄谋已久的人，今天是清明，我已经好几年没有今天的心情了。不过你要是反对，我就不勉强你，我可以在这里等你。反正我也没什么事情，单位里都安排好了，家里只有我一个人，没有人等我，你明白我的意思吗？所以我可以在这里等你。他又强调了一遍。

雪果抱紧了母亲的骨灰盒，摇摇头说：走吧走吧，我不反对我们一起上山，不过我不知道妈妈会怎么看。妈妈要上南高峰，是要和那个杭州女人——对不起，我不该这么称呼你的母亲，我是说，妈妈是不是死不瞑目，是不是一心要和你的母亲再一次比个高低？

泰平背着旅行包上台阶,边走边说:每个人都有自己表达爱的方式,对于你母亲,也许这是最好的表达方式。也许她是想在我父亲坐过的地方坐一坐,也许想听我父亲吹一曲笛子。实际上我爸和我妈结婚后,就几乎不再吹笛子了。

他们断断续续地这么说着话,一路绕过那些峥嵘岩壁,那些裸露在外面的怪石,它们卧在草木丛中,仿佛精工镂成。途中他们还经过一座石塔和一座寺庙的遗址废墟。南高峰上的名胜古迹,泰平知道得很多,他从先照坛、天池洞、千人洞、无门洞、白龙洞,一直说到法华泉、钵盂泉、刘公泉和颍川泉。雪果气喘吁吁地听着,终于忍不住问他怎么知道得那么多。

泰平告诉她，这些都是搞旅游这一行人的专业。他好几次回过头来，想要搀扶雪果，最后都改了主意，直到他们终于上了山顶，在那块嵯峨巨石——先照坛下站定。古人因日月始升，此石得景独先，故以"先照坛"名之。雪果恭恭敬敬地把小米的骨灰盒放在先照坛上，鞠了三个躬说：妈，我把你送到南高峰了。这句话刚说完，便又悲从中来，把脸靠在骨灰盒上呜咽。直到泰平把面巾纸递给她时才抬起头，这无须说话的动作显然拉拢了他们间的距离，他们便默默地走到山崖边看不远处的西湖。

南高峰，北高峰，一片湖光烟霭中，春来愁刹侬。他们现在站着的地方，想来正是当年泰安与梅涵站着的地方吧。许多年前，在那样的阳光下、那样的年华里、那样的春山间，没有爱情是不可想象的。

和他们的子女不一样，刚刚上了南高峰，泰安就一把抓住了梅涵的手。他的动作有些鲁莽，让这个杭州女学生又吃惊又喜欢，她顿时便领略到了那种只在书上看到过的英雄的力量。泰安一边拉着她一边叫着：冲啊，冲啊，占领山头！同志们前进！他的脚用力地往上攀登，手却微微地不停地哆嗦。他仿佛直到这时候才明白，世界上有一只手，是只为另一只手准备的，那就是像眼下握在他手中的那双手，像白鸽子一样白，一样温顺，一样柔弱无力——但却又能放出电来，让他打颤、发抖，甚至痉挛。他恍然大悟，只有能给他这种感觉的女人，才是他这辈子要娶的女人。那会儿他连一秒钟都没有想到过小米，他没有做比较，因为这是不用比较的。小米永远也不会让他痉挛。

那么那个名叫梅涵的会拉琴的杭州女学生呢？那时候她已经分配在文工团里拉琴了。她被这样一个年轻的、英俊的、又熟悉又陌生的、一见钟情的北方男儿掌握在手中，她感到无比荣光，无比幸福，她觉得此生只有他了。但是她还有些惶恐，实际上这些天来她已经摸清了泰安的真实情况，她已经了解到他和小米之间的关系。她绝望过，还想到过死，但又不甘心，想最后做一次努力。她痴迷这位志愿军战斗英雄，见面越少，爱得越深，直到不可自拔。

他们两个就这样一刻不停地冲到了山头。

[清]董邦达　双峰插云图

美好的江南，美好的西湖，美好的南高峰，美好的杭州姑娘，美好的笛子与二胡。泰安的心涨得满满的，他尝到了爱情的第一口蜜汁，但这还远远不够。然而第二口还不知道怎么样下嘴，急不可耐中只好一把抓过笛子，朝着天空吹起来。没有调调，一口气吹得很长很远，一直吹到白云里头，一直吹得眼前的姑娘捧着心透不过气来。

他突然扔了笛子，一把就抱住了姑娘。那杭州女学生尽管已经有心理准备，但还是吓了一跳。不过她很快就被这种乱咬乱啃般的激情征服了，两个人气喘吁吁地就倒在了先照坛的草木丛中。骤然爆发的激情涌上心头，把他们冲击得差一点昏眩过去。好在他们还没有丧失最后的自制力，终于坐了起来，相拥在一起说悄悄话。梅涵说的话细细长长的，她从背后挽过手来，搂住泰安的脖子，歪过脸来对着泰安的耳朵吹热气，倒像是一个撒娇的女孩子。她的接吻也是和泰安不一样的，她只亲他的耳朵、脖根，甚至后脑勺，还有下巴，可是她不亲他的嘴。这种令泰安心痒难熬的感觉让他想起了当年松下的琴声——这就叫缠绵啊，泰安说不出，但领略到了。

那一天梅涵好几次要拉琴给泰安听，都让泰安给挡了，他几乎把心爱的姑娘一直亲到太阳下山。当他们各自带着发肿的嘴唇吻别时，他们相约了下一次的时间，地点不变。下一次我一定好好拉几首曲子给你听啊，姑娘再三地保证说。

一切都消失了,只有一双眼睛在注视着这里。雪果想,妈妈能看到什么呢?看到他们谈情说爱又怎么样呢?难道死去的妈妈还想阻止活着的人去做已经做过的一切,或者妈妈只想完成她生前想做的事情吗?她对泰平说:我尊重母亲的意愿,但是我的兄弟姐妹们都认为我母亲疯了。您以为呢,您别不好意思,您能理解我母亲吗?

大概疯狂是爱情中激情的最高体现吧,就像你母亲为我父亲疯狂一样,我父亲也为我母亲疯狂。就这一点而言,我是羡慕父亲的——我从来没有经历过父母有过的感情。泰平平静

长相思·游西湖

[宋] 康与之

南高峰,北高峰,一片湖光烟霭中。
春来愁杀侬。
郎意浓,妾意浓,油壁车轻郎马骢。
相逢九里松。

地看着山下亮晶晶的西湖,他的表达很坦率,对那些刚刚相识的人而言,这样的表达甚至有些过于坦率了,但雪果同时感觉到他的准确——坦率而准确。大概是为了回报对方的诚意,雪果说:你父母一生相爱,真是幸福的事情。不过我们还是坐下来吃点什么吧,我带了一些茶叶蛋,你呢?你带来了什么。哈,你把啤酒都带来了。

他们选了一个能够看到北高峰的位置坐下,这也是当年那对痴情男女拥抱亲吻的地方。泰平用雨衣铺好了地,等雪果坐下了才相应坐下。这是一个细致的男人,遗传了他母亲身上那种说不出来的优雅得体,但自己仿佛并没有察觉到自己是什么样的人。他眯起眼睛往西北望去,一边说：你刚才说什么？你说我父母很幸福，那是你的理解。可是从我懂事起，有很长一段时间，一直就觉得我父母是不幸的人。母亲在外面很优雅，回到家里却常发脾气。她不爱说话，总是自责自己害了父亲一辈子的前程，生气时一夜坐在外屋不说一句话，不管我父亲怎么解释都没用。你知道，因为我父亲抛弃——我真不想用"抛弃"这个词，我觉得这样说我父亲不够准确，但档案上就是这样写着的。我父亲抛弃你母亲后，他人生的下坡路就开始了。他被迫转业，分配到很不重要的岗位上去当副手，你知道他曾经当过烟糖公司的副经理吗？你可知道，你母亲和你父亲结婚之后，你父亲一路绿灯，官运亨通，你以为我父亲真的一点不在乎吗？在此之前你父亲一直是我父亲的同级军官，他一直干到穿着军装去见马克思。而我父亲是一位真正的战斗英雄，他一生中最大的渴望，就是戎装马革裹尸还。

因为你父亲的不如意，他们才不再相爱了吗？

我没有说他们不再相爱，但相爱的人也可以是不幸的。如果我父母当年的爱能够得到祝福，一切就都会不一样了。

对不起，请你再解释一下，什么叫爱的祝福？雪果一边把剥好的茶叶蛋放到小碟子里，与其他几样母亲生前喜欢吃的小菜一起，放到骨灰盒前，一边不好意思地打断泰平的话问道，这个人的话越听越有意思了。

正月二十四夜朱师古少卿招饮小楼看灯二首 其二

[宋] 杨万里

南北高峰醒醉眸,市喧都寂似岩幽。
君言去岁西湖雨,城外荷声到此楼。

所谓爱的祝福,照我想来,也就是对爱做出应有的反应吧。比如现在,当你母亲注视着我们的时候,你为她献上一份心意。也比如你在我母亲的墓前种下一株小树。雪果补充说。泰平短短地凝视了她一下,点点头说:是的。对爱不做出呼应,就是不祝福爱,不祝福爱就是损害爱,消亡爱。我说这些有意思吗?听上去仿佛非常幼稚,像中学生说的话或者琼瑶小说。我们公司里的职员,或者我的前妻要是听我说现在我跟你说过的话,他们会吓得目瞪口呆,和你的兄弟姐妹一样,他们会以为我疯了。不过这里面的确有我个人的经验,我好久没有这样说话了,你是一个让我想这样说话的——女人。他想了想,停顿了一下,还是坚决地说出了最后那两个字。

雪果耳根热了,她低下头,但努力抵御住了这个年龄的女子不应有的羞怯。她又抬起头来,说:你说吧,你说吧,时间还早着呢,我会做你的好听众的。

我说我父母的爱情得不到祝福,是因为他们遭到了全社会的谴责。父亲转业后不久,母亲就被乐团发配到门票房。众多的孩子,艰辛的生活,我母亲首先就被压垮了。她要嫁的是一个前途无量的战斗英雄,不是这样一个满口北方侉子话的山东佬。南北方文化的差异、城市乡村的差异、大兵和秀才的差异,所有的差异都成了他们隔膜的砖墙。那时我已经开始长大了,我首先看到了我母亲的痛苦,女人的痛苦总是更容易显露在眉间。再大一点，当我选择个人生活道路的时候，我懂得了父亲的痛苦。

他突然缄口不说了，仿佛想起了什么不忍回想的往事，把头低下搁在膝盖上。雪果不知道该怎么办好，他们的交流渗入了越来越多眼泪的成分，但两个中年男女偶然碰到一块，流泪是幼稚的，将来回想时是要后悔的。雪果开了一罐啤酒，放到他眼前，说：喝点酒吧。

泰平抬起头来，好像什么也没有发生过地问：看见北高峰了吗？

雪果点点头说看见了，她明白他显然是想把话岔开一些，让他能够平静一下。他说：那么好的天气，北高峰又比南高峰高，当然看得见。当年白居易离开杭州时朋友们问他最想的

杭州下雪琅珰岭拍北高峰　吴国方　摄于2016年

是什么，他说，乃是南北高峰，西湖一水也。可见我们的父母辈还是会选地方的。

  我父亲跟我谈过一次重要的话，就是在那次谈话里，他告诉了我关于你母亲的事情。他还说，如果那次上北高峰没有谈崩的话，他的命运就不是后来那样了。记得我当时还问他后不后悔，父亲说他不后悔，因为不可能不谈崩。因为你母亲在和我父亲谈话前，已经把所有的事情都向组织汇报了。当你母亲和我父亲还在北高峰上争吵不休的时候，你母亲的组织已经到了我母亲的组织那里，一五一十地核查事实真相，准备大干一场。泰平把目光移到了小米的骨灰盒上，凝视了很久，叹了一口气：不过我们没有什么理由责怪我们的前辈糊涂，我们和他们，在这一点上也没有多大的区别……

在近五十年后批评小米糊涂，也许是不近情理的。小米并不只是糊涂，在双峰插云碑亭里给了高粱一个耳光之后，吓傻了的不是高粱，恰恰是她。这一次她才真正意识到，这个高粱并不是花花心肝，他是爱上别的女人了，爱上这里的细皮嫩肉的杭州女人了。小米知道她什么都可以跟杭州女人比试，入党年龄啊，业务水平啊，家庭成分啊，哪怕人家会拉琴，她也会唱歌啊。从前行军途中，做啦啦队员，打着快板，唱过多少数来宝。她唯一不能比试的就是细皮嫩肉。她回到宿舍，整个人蒙了。先是翻开箱子找衣服，花裙子"布拉吉"什么的，一件也没有。又跑到镜子面前照自己的脸,拿起梳子使劲梳头,头发瀑布一样披下来,她不知道这是好看还是难看。她躺到床上,哪里睡得着?还不如叫她一头撞死痛快。她又起来,洗了个冷水澡,心头焦灼之火怎么浇得灭?她睡下又爬了起来,已经是深夜,她又往高粱的病房跑——不行,今天夜里不解决这个问题她死不罢休。她敲高粱的门,里面灯关着,没有人应。她不知道他是故意不理她,还是跑出去找那杭州女人商量对策,反正不管哪一条让她碰上了她都受不了。她现在就受不了了。

离开高粱的房门,她就往院长办公室跑。院长平时很忙,偏偏那天深夜值班,就让小米碰着了。小米那种失魂落魄的样子让院长立刻意识到事情的严重性。他问：赵娥同志，发生什么事情了，请跟组织上说。赵娥同志摇晃了一下，哇的一声，趴在桌上就大哭起来了。

一个星期之后的清晨，一大早，她来约高粱谈话。她说：高粱，咱们上一趟山吧。她盯着他，看他怎么说。看上去他比过去瘦了一些，不过也好像更难以捉摸了一些。她悔恨交加地想，过去真不该看轻了这孩子，她决心今天一定全部补偿。这是院长跟她谈的。院长说：泰安同志的问题我们要管，不过赵娥同志，作为一个女同志，你也要尽自己的努力。你看，别的同志都在学习苏联老大哥，穿花格子衫、连衣裙，你就是一套军装到底。虽然是个老革命，资历是有了，但年纪还轻嘛，还是个姑娘嘛，要"文武之道一张一弛"嘛。

小米不懂什么叫文武之道一张一弛,不过那意思还是能领会的,无非是要她向那些杭州女人学习,娇里娇气地发嗲。小米天生就不会发嗲,这可难死她了。不过男人要哄她还是知道的。她深感她那一个巴掌很要不得,她应该流眼泪哭才是。但是一见到高粱她就死活哭不出来,心里流泪眼中却流不出。她直盯盯地看着他,等他发话。高粱点点头说好吧,很温顺的样子,拐弯往右走,上石莲亭,朝天竺灵隐方向行去。小米想,那就是上北高峰了,他没脸带我上南高峰。

从灵隐寺西侧的巢枸坞上去,就是韬光寺,

韬光寺

韬光寺位于灵隐寺西北巢枸坞内,是一千多年前唐代僧人韬光所建,后遇火圮。如今所见的韬光寺为后世修复。

这里原是一座小佛寺，传说唐时有个名叫韬光的高僧从四川出游，其师嘱曰：遇天可前，逢巢而止。果然到了杭州灵隐的巢枸坞，就遇见了当时的杭州刺史白乐天，从此住下，还与白居易在此汲水煮茗，谈佛论禅。这口井泉留到今天，人称烹茗井。当年宋之问在这里写诗，得老僧"楼观沧海日，门对浙江潮"的妙句，那老僧就是初唐四杰之一的骆宾王。不过这些传说无论高粱还是小米都一概不感兴趣，倒是那口泉眼井水上漂着几朵睡莲，让人看着口渴。小米上前取了竹筒来舀水，舀了一勺，想了想，递到高粱眼前。高粱看了看，说：我自己来我自己来。小米不知道为什么，看着他这样子就窝火，手使劲一伸喉咙就响了，说：干什么，还要我喂不成!

高粱无奈地接过了水勺,喝了一口,递还给小米。小米就多了一个心眼,想,搭上一个杭州女人,连水都不知道给我舀一勺了。这么想着,脸气得通红,一把把那水勺扔到泉里,说:我不喝了。声音之响,自己都吓一跳,突然觉得过了,忙纠正,声音放轻说:我不渴,就是有些累了,咱们歇一会儿吧。

高粱知道,他们的战斗马上就要开始了。那天山上人少,雾却下得大,高粱想,我今天说什么也得过这一关。他就先在一块岩石上坐下,说:你想说什么,你就先说吧。

小米想了想,千言万语,不知从何说起,只得像开党小组会议似的作自我批评,说:这些年我对你关心爱护得不够，我有什么地方做得不好，你说得具体一点，姐姐我给你改了还不成？

高粱一听就知道这是两条道上跑的车，走的不是一条道，又不能不回答，只好硬着头皮说：小米姐，我知道你疼我，对我比对谁都好，你就没有对我不好的地方，我提不出你的意见。

小米星眼竖起：没有不好，凭什么跟我分手？

高粱耐心给她解释：这不是一个好不好的问题，好的人也不是都能成夫妻的，比如你我之间就不是那么回事。我从小就把你当我的姐，我就没有把你当作过我的老婆——你放屁！小米听到这里，气死了，想想自己一把屎一把尿拉扯大的狗东西，竟然说出这么伤天害理的话来，大叫起来：我怎么就不是你的老婆！人家崔营长老婆，比他大十二岁，裹着小脚赶到这里，怎么样，还不是照样结婚入洞房！我只比你大三岁，别人看了你还说你比我老呢，我怎么就不是你老婆？我不是你老婆你当初怎么不甩了我，你怎么勾上这个杭州狐狸精才说不要我了——

高粱也火了，又怕路上有行人听了笑话，一边站起来往山上走，一边回嘴：我怎么不想离开你，我不想离开你我跑出来当兵干什么！我出来当兵打仗，就是想让你死了那条心，谁让你又跟着跑出来的！

小米跟在后面追，高粱说一句，她那高傲

的自尊心就受一记致命打击,可她不能垮下去,她的话像机关枪一样扫射出去:胡说八道,狗咬吕洞宾!是谁指着自己的肚子要把我配给你的——是你妈,不是我妈。你怎么不找你妈算账去。

高粱站住了,几乎贴着小米的脸吼了起来:别忘了你是个共产党员,指腹为婚是封建主义的东西,我们共产党早就把这个东西革命掉了!

小米也几乎贴着高粱的脸吼叫起来:别忘了你也是共产党员,共产党容不下你这样的陈世美!

泰安怔住了,他知道他无论如何也说不过这个小米,从哪一面山坡冲上去都会遭到她的围追堵截。他得换一种战术,化被动为主动,

天下第一财神庙

　　天下第一财神庙在北高峰上，又称为灵顺寺，始建于东晋咸和年间，许多文人墨客曾来此游览。相传江南第一才子徐文长在登临北高峰游览时，感叹此寺为平生所仅见，因此留下"天下第一财神庙"的墨宝，而灵顺寺也因此声名大噪。

他得想一想接下去怎么办。这么一转念就吐出一口气来，往山上一路行去。

北高峰的石磴数千级，盘折成三十六弯，往前看远处雾蒙蒙，脚下却是一道清流，曲曲弯弯，傍着步道迂回婉转、两边青山，<u>重重叠叠</u>，不雨而润，不烟而晕。他的心一动，飞出一念，想：若今天与我同行的不是小米而是梅涵，那是怎么样的幸福。梅涵和小米多么不同，她知道爱情是不能强求的，她一边亲吻着他的后脑勺一边说她一切听从他的安排，一切由他选择，可她的眼泪把他后脑勺上的头发都打湿了。

北高峰顶早年有座唐代的七层石塔，又有宋时的华光庙与望海阁。据说当年在庙后台的平台上还有石松一株，生得自然也是伟岸奇古的。便有诗人来吟诵：根盘巨石四时青，陌上香泥岂敢侵。一时便成为了北高峰上的一景。后来石塔、望海阁先后倾圮了，这棵千年石松也不复存在。倒是那华光庙还在，庙里庙外空无一人。泰安想，就在这里好好谈，这一次，无论如何不能发火了。

等了不多一会儿，小米也上来了。她一上来，就背朝着西南，泰安让她过来坐，她说她不爱看南面。泰安说：你不是想跟我好好谈吗？你这个样子让我怎么好好谈呢？小米总算把头别过来了，泰安吃了一惊，他发现小米哭了，他一直以为他的这个小米姐是没有眼泪的呢。

他们两个默默地站起来，因为谁也不看谁，

他们最终也只得往远方去看。这样他们才好像第一次发现了杭州——他们下半生将活在这里,并且死后也将埋在这里的地方。对这个留着南宋遗风的温柔富贵乡而言,实际上他们永远是外乡人,但他们眼下并不能意识到这个。他们看着缕缕薄雾从三面环山的杭州城四周冉冉升起,那些江南的山峦,在雾中便仿佛是一群面蒙轻纱身披蝉翼的女子。她们娇怯含羞,变幻多端,云浓似山,山淡似云,就仿佛是有意要让你看不清猜不透。小米想,这些山,要还是从前我们北方的山就好了,高粱还在那里放羊,我还给他送煎饼大葱,要这样就不会有今天的痛苦了。想到这里才开了口,说:我出来革命,原本是为了你,现在革命成功了,你却没有了,

南高峰塔

南北高峰上塔的历史变迁

后晋
天福年间始建

北宋
至道二年（996年）
重修

南宋
乾道五年（1169年）再建
改为荣国寺塔

元末
塔毁，仅存五层

明
万历年间遭雷击
仅存塔址铁顶

近代
仅存塔址

北高峰塔

唐
天宝年间始建

唐
会昌年间被毁

唐
大中年间复建

五代十国
吴越王重修

北宋
至道二年（996年）
遇雷火毁

南宋
咸淳年间遇火毁又建

明
万历年间仅余三层

清
顺治时期复圮

近代
仅存塔址

我不知道，革命怎么会革出这么一个下场。

　　泰安不知道该怎么安慰小米，他想说这和革命无关，革命不革命，反正他喜欢的女人就是像梅涵那样的，只是从前碰不到，现在碰到了而已。小米却只顾着自己自说自话：有这样不讲理的事情吗？男人在前方打仗，脑袋别在裤腰上，是惦着家里的妻儿老小，有家里人的想头，他们才没死。如今进了城，什么都忘了，一心就念着洋学生了。家里的小媳妇为你们这些男人熬黄了脸熬白了头，到时候一纸休书就完了。我还想着我比她们运气好，因为我出来了，革命了，妇女解放和你平起平坐了。没想到枪林弹雨里没死成，如今也要落一个和她们一样的下场。王宝钏寒窑十八年，还等回了一个薛仁贵呢，我呢？我等回一个什么？高粱，你看看你姐，你姐等你都等老了……

小米再一次抽泣起来，泰安听了这番话，突然就拔起自己的头发，一边拔一边打自己的脑袋，一边说：姐你怎么不早跟我说这些话，我去朝鲜打仗前你怎么不跟我说这些话——小米赶紧拦住她的高粱弟儿，边流泪边说，咱不是革命的人吗？革命人儿怎么能随便说这个话呢，那不是消磨革命斗志吗？再说现在说也不晚啊。

她突然像是意识到了什么，一下子放开高粱的手，重新厉声说道：你刚才这话是什么意思？什么意思？你和那杭州狐狸精到底干了些什么？

翻过孤山　[日]亚细亚大观写真社
摄于1928—1932年间

葛岭居西湖北岸,相传抱朴子葛洪曾在此炼丹修道。在葛岭上可以眺望西湖,远处朦胧可见群山绵延。

泰安刚才几乎要被小米软化了，是小米自己的突然硬化把他又带了回来，他怔了一下，明白了小米话里的潜台词，有些不高兴地说：我请你不要动不动诬蔑人家老百姓，再说我跟她也没干什么，你不要把我们想得那么脏。

小米看高粱生气的样子，知道他们确实没干什么，心里一紧一松，脸红了起来，心跳也快了，说：算姐说错了，姐给你赔不是。高粱，你跟我来。她就自己先进了那空无一人的华光庙。泰安疑疑惑惑地跟着走了进来，他不知道小米还想要他干什么。走到门角后，还没明白怎么回事，就被小米一把抱住了。这可真是把泰安吓一大跳，他想挣扎出来，小米两只手铁钳一般，哪里松得开，把头埋进她的高粱弟儿那宽大的男人怀里，说：你不是就想要这个吗？姐给你，姐豁出去了，今天夜里，姐把什么都给你！说着就抓过他的手，往她的胸脯上按去。

　　小米是个丰满的姑娘，胸脯长得很好看，眼看着被按在那片迷人胸口上的高粱的手就急促地抖动起来。不是那种感觉，那种由于情欲的激动而痉挛的抖动——恰恰相反，因为没有这样的感觉，泰安脑袋嗡地一响，吓得全身发起抖来，他一边推托一边颤着嘴唇说：小米姐，你你你搞错了，我不是想要这个，我不是想要这个……小米埋在他胸上的脑袋一动不动，手松开了，高粱一动也不敢动，两人僵了一会儿。小米突然抬头，平静地说：那你到底要什么？

高粱还在发抖,好一会儿才平静下来,说:姐,你就当我的亲姐姐吧,我会一辈子对你像亲弟弟那样好的。你要愿意,将来成了家你可以住在我这里;你有了家,我们也可以住到你那里去。我们还是一家人,什么也没有改变。

小米这时候已经冷静下来了,边朝庙外走边说:什么也没有改变?亏你说得出口。我们打下的江山,我们的男人,让那些没有为建设新中国出过一份力的人来享受!我们种下桃树,让她们来摘桃子,你却说什么也没有改变。走遍天下,没有这个理!老实告诉你,你别以为就我在这里和你好言好语地谈话,组织上这会儿已经找那杭州女人的组织去了,想让我离开你,没那么容易!

高粱再一次发起抖来，这一次是气得发抖，他也顾不得周围有没有老百姓上来，叫了起来：赵娥，你还讲不讲理！小米惨叫一声：你个狠心的没良心的狗东西！是谁不讲理啊！

泰安再也忍不住了，多年来他已经受够了这样的表达爱的方式，但他恰恰讨厌这种没有羞怯感的、没有隐私韵味的、没有小心翼翼的感情作为传递方式的爱。他轻轻地说：赵娥同志请不要这样说话。我一早就想告诉你，当你这样说话的时候，你不像是我姐，也不像是我妈，你像我东家的老婆子！

要不是这句话，小米还不知大闹天宫到什么时候呢，这句话把她伤心伤肺伤到骨了。她呆了半天，嘴哆嗦着说不出话来，眼看着就要昏过去。泰安看她这副样子又于心不忍了,连忙把她扶到庙墙外一块大石头上坐下,说:我那是瞎说的,我那是瞎说!你骂吧,你打我也成。

半天小米才说得出话:我打了你,你还娶那杭州女人吗?

高粱怔了半天,一咬牙,点点头。

小米又说:你果然就不娶你姐了?

高粱唰的一下眼泪流下来了,两只手扒在小米的膝盖上,小米那时正坐着呢,两人这个动作就像儿子求娘。小米呆了一会儿,突然爆发,一把扫开了高粱的手,咬牙切齿地诅咒说:我死都饶不了你!

说完这句话,她就下了山,头也不回。之

后她就再也没有找过一次泰安。半年后她结了婚，比高粱结婚得还要早。之后，泰安也转业结婚，他们的故事，就好像这样结束了。

　　太阳当空的时候，南高峰的青草地里发出了特有的香味，雪果觉得应该下山了。她和泰平都有些遗憾，不知道他们父母们的南北高峰之行，究竟发生了什么，但他们也不再想深究了。泰平看样子也是一个不胜酒力的人，喝了一点酒就有些晕晕乎乎起来。他一边起身掸裤子上粘的草，一边说：我上大学第一天是我父亲送我去的，在学校门口就看见你了，你是你母亲送去的。父亲远远地指着你，告诉我你是谁的女儿。那时候我父亲和你母亲刚刚开始有些来往，你母亲还为我父亲平反的事情出过不少力。我父亲后来的境遇好多了，离不开你母亲的鼎力相助。

雪果有些遗憾，说：那你怎么不来找我呢？我还一直不知道我母亲和你父亲后来那一段交往呢。说出来你别生气，我妈到死都恨你爸。

告诉你什么原因吧。泰平一边折叠起雨衣，一边说：我妈吃醋了。说到这里他突然轻轻笑了起来：我妈死也不让我父亲和你母亲恢复来往。

说这话真是有点残酷，但雪果也不知为什么跟着泰平笑了起来，说：那是因为爱终于得到祝福了吧，但那祝福里有我妈的声音啊，你妈这个杭州女人，有她自己的问题呢。

[清]佚名　刺绣西湖图册　双峰插云

这也不能全怪我母亲，你不知道，都到那时候了，你母亲还想让我父母离婚。

真有此事？雪果大吃一惊，她刚刚抱起母亲的骨灰盒，听到这里，手不由自主地抖动了一下。泰平连忙上前接住，两双手就一起捧住了那骨灰盒。

妈妈一直对爸爸很好啊。雪果突然说了那么一句话，重新将母亲的骨灰盒搂在自己的怀里。

我父亲说，你父亲和你母亲结婚前找过他一次，跟他约法三章，从此不准再纠缠赵娥同志。

我父亲还说过这样的话？雪果吃惊得眼睛都瞪圆了。

还说过你再让小米伤心我毙了你的话呢，这可不是随便说说的，他们那会儿都有枪。你怎么，干吗站着发愣，这不算什么，他们也有他们的青春嘛。不管怎么说我羡慕他们，因为直到三天之前，我还既没有激情也没有枪。

雪果心跳起来，她把妈妈往怀里搂了搂，说，下山吧。

去南山陵园本来可以往西山路走，十分钟就可以到。泰平建议说，既然有汽车，不妨沿着龙井路往城里开，经苏白二堤，沿湖滨过隧道，也可以让入土前的小米最后看一看西湖的春天。雪果同意了，她托着骨灰盒，一路上不发一言，直到车至龙井路口，她突然叫了一声：停。

车就停下来了，雪果说：前面就是洪春桥，那块双峰插云的碑就竖在那里。

泰平问她，要不要下去看看？雪果摇摇头，说：就那么远远看一眼吧。

他们默默地坐在车里，雪果想，这个泰平的确很像他母亲。他让我走这条路，也许正是为了让我们再次沉浸到父母的往事中去，为他们再作一次祝福，也让逝去的他们为我们作一次祝福吧。

或是为了打破这种过于沉寂的场面，泰平说：我还没有告诉过你，我父亲是在什么样的情况下跟我谈过一次重要的话的。那是我结婚的前夜，我的婚姻非常理性，那是基于我从小就看到的我父母因为非理性带来的灾难，还因为这桩婚姻完全是我母亲一手操办的。那天夜里，我父亲谈了他的这场人生经历，这也是我第一次从父亲嘴里了解到的事实真相。我父亲一生都爱着我母亲，他们的晚年生活，从生活习惯到饮食口味都越来越相像，甚至他们的容貌都开始越来越像了。他们开始了第二次热恋，仿佛又回到了当年他们相识的时候。但是即使如此，父亲的心里，永远有一角是为你母亲留着的。他说他年纪越大，越能理解你母亲的感情，越觉得自己对不起她。他说他也是永远依恋你母亲的，你母亲让他想起故乡，但他一辈子也回不了北方了。你知道这些话他永远不可能对别人说——

——但是你父亲对你说了……

我一直不太明白为什么父亲把这样的话告诉我,直到许多年后我决定离婚时才恍然大悟。说到这里泰平好像突然清醒了,他发动了车子:我们还是出发吧,太晚了怕赶不上下葬的时间了,陵园里的工人还在等着我们呢。

车就擦过了双峰插云碑亭,没有停下来。雪果以往从来没有站在这个地方眺望过南北二峰,现在也只有在想象中揣摩它们的身影,想象它们在雨后初晴时云铺山腰、絮掩峰顶的情景。那时茫茫一片,翠黛的双峰若沉若浮,时隐时现,峰耶曰是云,云耶曰是峰,俄顷又突然钻破云雾,在湛蓝的天空上显现出俊秀身姿——这恰是无心人不能领略的意境吧。

泰平说的恍然大悟，究竟是什么呢？因爱而迷失、为爱而受尽折磨、被爱抛弃、又重新被爱祝福的过程究竟有什么意义，抑或毫无意义呢？

还有母亲——到死都依然愿意挑战爱的折磨，与无爱的我们的生命相比，孰轻孰重，不正是恍然大悟的所在吗？

这么想着的雪果，忍不住回过头，朝着南北二峰的方向，把骨灰盒捧了起来，一边对泰平说：对不起，请您再开得慢一些，再开得慢一些……

2023年8月17日星期四改毕

高粱·小米·紫丁香

——《双峰插云》回望

这部小说，看上去还是个三角关系，两女一男，只不过把时间和地点放到现当代的西湖边来了。一对从小就定了娃娃亲的中国人民解放军军人高粱与小米，在1949年5月3日，进了杭州城。在结着愁怨的江南的微雨的青石板巷中，高粱与一位撑着油纸伞的文艺少女紫丁香相撞，就此一分钟战胜一辈子，他死活也要与紫丁香生死相依。情场非战场，小米作为久经考验的女战士，终于敌不过负心汉。死后他们三人同葬杭州南山，高粱与紫丁香同穴，小米虽早已儿女成行，但她死活也要挨着高粱，葬在他身边。小米的爱恨交加，凝固在西湖。

大多数人读后以为这就是一部爱情小说。光从表面来看，不就是现代版的陈世美与秦香莲吗？但往深里说，不妨可以把这个故事理解为因空间的挪移带来的情感错位。是的，在刚刚经历变动的20世纪中期，随着大批北方部队进入南方城市，此类重新组合的情感结构不能说很多，但也不能说很少。然而这不是我想表达的本意。

这种错位可以看成一种对峙的情感关系，

用"双峰插云"来拟似是再合适不过了。在康熙定名之前,此景观是被称作"两峰插云"的。但"两峰"的确少了一份对立的关系,少了一种相互映衬的可能。北高峰、南高峰不是并列在一起的,它们清晰地对立着,位于相反的区位。然而,在杭州,去北高峰的人多,去南高峰的人少。盖因北高峰是依仗着灵隐寺、永福寺、飞来峰、韬光寺、三天竺的。而南高峰好似没什么可依。虽然南高峰是可以有所依的,但它就是不热闹,冷清且幽冥,好比一个是太阳,另一个是月亮了。

故而高粱若和紫丁香相约,那势必要去南高峰的。那里远而人烟稀少,无人窥视,仿佛自己就给自己的情感定了个见不得人的性质。

而和小米同去北高峰摊牌,却显得天经地义、落落大方、水到渠成。北高峰离小米工作的医院近、方便、景观多,拔腿就到了,被看到只会让人羡慕忌妒。若换成是南高峰的那一对,被人发现,那就是一对背信弃义的情贼,是恨不得唤来包龙图,拿把铡刀"咔嚓"斩了的。故而,南北高峰不是同个阵营,在我的小说中,它们是一对怒目金刚,它们的眼光就是利剑,是随时准备着要拔刀相向,血溅五步的。

然而,仿佛一切都没有发生,诚如电视剧里说的那样,是"激情燃烧的岁月"。泥腿子战斗英雄和女战士吵了一辈子,但终究是相亲相爱,死后葬在附近。就如北高峰和南北峰虽然离得远远的,但都属于西湖,虽看上去你防我我防你，可寸步也不离。

　　激情燃烧的岁月。的确。这岁月有各种表达方式，各种终结形态。记得我小时父亲说他去食堂吃饭，见教导员扶着个小脚老太太过来，战士们主动打招呼："首长，你妈来了！"实际上这个"妈"是北方万里寻夫下江南的大媳妇。这种大媳妇，像高粱和小米那样差个几岁也就算了，但是有些差出了十多岁。我也听我母亲说过，她单位的领导有四个孩子，妻子因病去世。不久之后，家里就来了一个脑袋后面扎了一个花白髻子、操着一口北方话的小脚老太，她开始给那四个孩子烧饭洗衣服，伺候了小的再伺候老的，没见过她怨过一句，估计怨了也没人听得懂。

我其实只想表达一个意思：爱情不单纯是两个人的事，爱情是需要祝福方能成立的。就如生水是需要火来加热才能沸腾，面粉是需要酵粉掺和才能发面。婴儿是需要十月怀胎才能够降生一样。

只不过，在爱情关系中，并非双方互相说个"我爱你"就行了的。你们哪怕说一万句"我爱你"也不行，何况这三个字中国人常常是一个也不肯说的。当相爱的双方互诉真情的时候，他们周围的一切，包括他们的亲人、朋友、上级、下级、邻居、同事，他们生活的时代、汽车、火车、自行车、报纸、杂志、海报、课本、收音机……所有的一切，也得同时发出了祝福之后，你方能确定他们之间的爱情是完整存在的。

这就是在经历了那么多年的思悟之后，我才懂得《日瓦戈医生》里的那段情景描写的全部意思。当小说中的男女主人公相爱时，他们感觉到大自然的一切都在向他们祝福：风吹过的树梢发出的声音，星星、月亮、叶儿的呢喃，云彩的聚散，阳光的闪烁，这一切都是大自然的祝福。因此他们在大自然中得到了庇护。

年轻时我不能理解，什么叫大自然的祝福。终于有一天我明白了，那就是爱所得到的回声。当你说"我爱你"时，对方也立即回答"我也爱你。"这就是爱的祝福。

然后我才意识到这段场景的潜在意义：当作家在歌颂大自然的祝福时，对照的是人间的无动于衷或恶意相加。得到了大自然祝福，却得不到人间的祝福，所以他们的爱情是一场深刻的悲剧。

而在《双峰插云》中，高粱和紫丁香得不到自己历史的祝福，得不到所处时代的祝福，所以他们虽然是相爱的，但他们的爱情基础并不牢固，他们的婚姻不是真正的幸福。

小米也不幸福，她是真正深爱着高粱的，她带着一个女战士的忠诚，存着既是作为母亲，又是作为妻子式的爱，但艰辛的生活和燃烧的战火使她缺乏了少女式的情爱，而正是这点，构成了高粱和小米本质上的割裂，因为在纯粹的男女情感关系之间，情动与否是排第一的。

然而即便爱情是如此的不完美、不完整，甚至残破，但也依旧是爱情。所以小说中设置的第二代，并非只是作为一个叙述者出现。第二代在对待情感与婚姻关系时简单粗暴、干脆利索，过不下去就离，而且许多时候夫妻二人之间是根本没有爱情的。他们不相信人间有爱情，干脆直接把爱情抛弃了，他们的生活停留在物质层面，像贴着地面爬行的动物，只关心吃饭睡觉生孩子，很像《千与千寻》中那两头变成猪在猪圈里大快朵颐的父母。

然而毕竟还是进化成人了，对返祖现象是有自觉的批判意识的。故而高粱的儿子还是感叹了一声说，虽然他感觉他的父母并不幸福，但他依然羡慕他们。因为他们经历了爱情，而他从来没有。

　　而小米的女儿虽然不曾表态，却坚持完成母亲的遗愿，抱着母亲的骨灰盒先上了一趟南高峰，再把母亲葬在高粱的身旁。虽然贴着高粱的还有一束紫丁香，小米依然置若罔闻，一副坚持到底的战斗姿态。这样的爱恨情仇也许是蛮不讲理的，但在儿女们看来，比之他们现在那种寡淡无味、铜臭气十足的生活，还是有着云泥之别的吧。

2023年10月25日

附录 七星缸

玉皇山半山腰的那个紫来洞,原先叫"飞龙洞",因为那洞里面住着一条飞龙。这条飞龙才怪哩,每隔十天的晚上,它总要飞出洞来,在天空中飞腾翻舞,吐出火珠,吹呀吸的。火珠一忽儿远,一忽儿近,飞龙就追逐着,扑打嬉戏。这样,就散落下许多火星星来,火星星落到哪里,哪里就火烧。因此,飞龙出来一次,杭州就有许多人家遭殃。大家都恨死了这条可恶的飞龙,但又没法子治它,只好计算着它飞出来的时辰,男女老少都爬上屋顶,在屋顶上浇水,整夜整夜地守着。一面又敲锣打鼓地恐吓飞龙,想叫它飞得远一点。虽然这样,杭州还是常常闹火灾。

这一天,杭州城里来了个老铁匠,手里提着一把铁锤,来到一家小客店投宿。可巧这天正是飞龙出洞的夜晚,店主全家都爬上屋顶去啦,没人招呼他。老铁匠见到这景很奇怪,也爬上屋顶去。他问明白了怎么回事后,就不言不语地爬下屋顶,提着铁锤走了。

这晚飞龙在天空翻舞很久,火珠上的火星星,纷纷散落下来。等老铁匠回到小客店时,那店屋也全烧掉了,店主人一家正围着抢救出来的一些破烂，号啕大哭。

老铁匠见了难过极了，对店主人说了些劝慰的话，又把身边的一些零碎银子都给了他，并且说："你们不要难过。刚才我在玉皇山上亲眼见到飞龙了。"

店主人接过银子后谢过老铁匠，当听他说到在玉皇山见过飞龙，惊骇极了，忙问道："这是真的吗？"

老铁匠说："是真的。我看见飞龙从洞里飞出来，在天空中拍打火珠，还见着飞龙飞回玉皇山，在飞龙洞里睡觉哩！"

店主人听了更加惊骇。因为玉皇山是飞龙盘踞着的地方，没人敢上去。

老铁匠想了一想，忽然用手敲敲脑袋说：

"有法子，有法子，我有办法降伏这条飞龙！"

店主人听了，忙问道："老人家，你有什么法子？"老铁匠说："只要杭州城里每户人家给我一把菜刀，我就能降伏住飞龙。"

店主人望望老铁匠，不像是个说大话的人，相信他是有办法的。

这消息传开后，人们听了既惊又喜。为了灭火消灾，谁不愿意出一把菜刀呢！没几天工夫，送来的菜刀就堆得像座小山。

老铁匠请来全城铁匠，砌了个炼铁炉，把菜刀都放到炉里熔化了，大家齐心协力，三天就铸成了七只大铁缸。

许多人聚拢来看这七只大铁缸，觉得很奇怪，不知道它们有什么用。老铁匠请大家来抬抬看，有些青年人就卷起袖口上来试试，一抬，哈哈！足足要十九个人才能抬起一只铁缸哩！

于是，老铁匠独自跑上玉皇山，到飞龙洞口一看，嘿，飞龙还在里面"呼呼"睡大觉哩！他飞快地跑了回来，大声叫道："大家快跟我去降伏飞龙呀！先来一百三十三个年轻力壮的人抬铁缸，十九人抬一只，跟我上山，后面的人都得提满满的一桶水跟着，听我招呼。大家不要怕，我有铁锤，飞龙如果动一动，我会跟它拼命的！"

大家跟着老铁匠爬上玉皇山，到了飞龙洞口，那飞龙正"呼呼"睡得香甜呢。老铁匠叫大家悄悄用铁缸把飞龙的两条须子、四只脚和一条尾巴压住，因为都压在须毛上面，所以飞龙还没觉察。而他自己举着铁锤对准飞龙脑门,如果飞龙惊醒,便一锤打下去。接着他又招呼后面的人把桶里的水倒进铁缸里。到第七只铁缸的水也快要倒满的时候,不料有个人提着水桶被绊倒了,桶里的水泼开来,泼进飞龙鼻孔里,惹得飞龙打了一个喷嚏,一下把老铁匠喷得人都看不见了。飞龙觉得须须被什么东西压着,仰不起头,一挣,才知道被压住啦,于是大吼一声,就地一翻滚,挣伤了须毛,身子一转,一头栽进飞龙洞里。从地底下,一直钻到安徽境内才钻出来,抖抖身子,飞往天空逃走啦。从那个时候起,就再也没见飞龙回来过。

所以传说中杭州的飞龙洞是直通安徽的。

飞龙逃走了,那七只镇压飞龙的大铁缸还

在飞龙洞洞口,排列得像天上的北斗星一样,因此人们就称呼这七只缸为"七星缸"。据说如果当时七只缸都装满了水,那条飞龙将永远被压在玉皇山上动弹不得了。直到如今,杭州人还有句老话:"七星钉飞龙,只差水一桶。"就是指的这个故事。